講談社文庫

京都船岡山アストロロジー3

恋のハウスと檸檬色の憂鬱

望月麻衣

講談社

CONTENTS

KYOTO funaokayama Astrology

京都船岡山アストロロジー

登場人物

イラスト おかざきおか

三波茜《みなみあかね》

高屋の先輩。ファッション誌から異動してきた。新撰組が大好き。

真矢葉子《まやようこ》

『ルナノート』デスク。遠距離恋愛を実らせて結婚。大阪に転勤して11年になる。

高屋誠《たかやまこと》

編集者。中高生向け占い雑誌『ルナノート』担当。

耕書出版

柊《しゅう》

書店の隣にある『船岡山珈琲店』で働いている。25歳の金髪イケメン。

神宮司《じんぐうじ》桜子《さくらこ》

高校生。祖母が経営する『船岡山書店』を手伝っている。小説家志望。

雄三《ゆうぞう》

桜子の祖父。英国紳士のような風貌。『船岡山珈琲店』マスター。

船岡山珈琲/書店

京都船岡山アストロロジー3

恋のハウスと檸檬色の憂鬱

第一章　恋のハウスと京檸檬ネード

1

京都で下宿を始めたせいか、時おり、無性に梶井《かじい》基次郎《もとじろう》著作の『檸檬《れもん》』を読みたくなる。

憂鬱さから逃れるように京都の町を歩くなか、ふと出会う色鮮やかなレモンは結局のところ、彼にとってどんな存在だったのだろう？

彼にとってレモンが一筋の光であったのかもしれない。しかし、『檸檬』という作品の全体に流れる気怠《けだる》い雰囲気に引《ひ》き摺《ず》られるせいか、レモンを見ると、どうにも憂鬱な心持ちになる。

他の人は、あの作品にどのような想《おも》いを抱いているのだろう？

そう思い、訊《たず》ねたのがキッカケだった。

「小説の『檸檬』？　読んだことないから、ぜんぜん分からない」

隣の席に座る三波茜《みなみあかね》は、先輩編集者とは思えぬ威厳のなさで答える。

ファッションやヘアスタイルに気を遣っている彼女は丸《まる》の内《うち》のオフィスにいそうな雰囲気だが、ここは丸の内でも東京でもなく、大阪の梅田《うめだ》。『耕書《こうしょ》出版』という出版社の大阪支社だ。

大阪支社は、大阪梅田駅直結のビルの中にあった。二十階のワンフロアすべてだが、広々しているわけではない。あちこちに衝立《ついたて》があり、フロアが細かく仕切られている。

編集部のエリアは窓際だ。六台のデスクが向かい合い、その前には編集長のデスクがある。どのデスクの上にも、本や雑誌が山積みになっていた。

自分――高屋誠《たかやまこと》のデスクも例外ではないが、ある程度整理された状態である。壊滅的なのは、三波のデスクだった。ファッション誌や切り抜いた紙などが、そのまま乱雑に積み上げられている。手がぶつかった衝撃で崩壊し、高屋のデスクにまで被害が及ぶといった惨事が時々起こっていた。

三波のデスクだった――つまりは、過去形である。

今の三波のデスクの上は、嘘《うそ》のように綺麗《きれい》なのだ。

変化の理由は、明白だ。彼女は最近、営業部の男性・朽木透《くちきとおる》と付き合い始めたのだ。同じフロアにいる彼の目を意識してのことだろう。

では、これまで積まれていた雑誌類がどこに消えたのかというと、足元だった。三波は机の下に段ボール箱を置き、雑誌類を詰め込んでいる。徐々に箱が増えていて、気が付くと高屋のデスクまで幅寄せている。

引き出しを開けようとするたびに、三波の段ボール箱をどかさなくてはならない。はっきり言って迷惑である。

自身のデスクに積み上げてもらっていた時の方が、何倍もマシだ。

高屋が、足元の段ボール箱に目を落とし、邪魔くさい、と顔をしかめていると、

「レモンといえば」

と、三波は手を合わせて、向かい側に座るデスク長・真矢葉子《まやようこ》に視線を送った。

「私たちが小中学生の頃は柑橘《かんきつ》系、特にレモンの香りが人気だったんですよ。実際のレモンの香りよりも甘さが加わっているんですけど。今思えば、あの甘酸っぱい香りって、『まさに』って感じですよね」

言っている意味がよく分からない。

高屋誠は眉間に皺《しわ》を寄せて、三波を見た。

「レモンの甘酸っぱい香りが『まさに』とは？」

「だから、まさに『思春期』って感じってことよ」

そんなことも分からないのか、という目で三波は一瞥《いちべつ》をくれる。

自分が大いに言葉足らずでありながら、そんな目で見られるのは不本意だ。

反論をしようと口を開きかけた時、話を聞いていた編集長の丸川哲也《まるかわてつや》が、ほんまやな、と前のめりになった。

「レモンの香りは、まさに思春期。ほんで、青春やねん。昔は、『キッスはレモン味』言うたんやで」

三波は、ぷっ、と噴き出す。

「ちょっ、マル長、『キッス』って」

「え、なにがおもろいん？」

「キッスじゃなく、キスですよ。小さな『ッ』を入れたら、おじさん臭いですよ」

マル長は、むぅっ、と頬を膨らませる。

「おじさんやもん」

「やもんって」

するとと真矢が、んっん、と咳払《せきばら》いをした。

「ちっとも、会議が進まないんですけど？」

失礼しました、と一同は肩をすくめる。

今は、夏の特集を決める企画会議中だ。『夏といえば』の連想から、『甲子園《こうしえん》』↓『爽やか』↓『レモン』の単語が飛び出し、高屋が『レモンといえば、小説の「檸檬」が真っ先に浮かびます』と答えてしまい、今に至る。

そういえば、自分が脱線の始まりだった。

高屋はばつの悪い気持ちで、眼鏡の位置を正す。

「やっぱり、夏の企画は恋に絡めた特集にしたいです。ほら、夏を迎える直前なわけですし、色々と盛り上がる時季かなって？」

三波の提案に、そうねぇ、と真矢は相槌《あいづち》をうち、高屋に視線を移した。

「高屋君はどう思う？」

「そうですね……」

と、高屋は足元の段ボール箱を大袈裟《おおげさ》に動かして、引き出しを開ける。

中から去年の七月に販売した八月号を取り出し、パラパラとページをめくった。

昨年の誌面を見ると、『今年、恋に発展しやすい日!』という見出しが目に入る。

船岡山珈琲店《ふなおかやまコーヒーてん》の看板男子であり、占星術師・柊《しゅう》こと柊《ひいらぎ》実琴《みこと》が教えてくれたのだ。

情熱と行動力を司《つかさど》る『火星』、趣味や恋愛を司る『金星』が重なる日は、恋愛に発展しやすいという。ちなみに占星術用語では、星同士が重なる（合わさる）日を『コンジャンクション』と呼び、日本語では『合』と書く。

昨年の特集では、『その日に合わせて、自分に似合う勝負服を着よう』と銘打って、柊監修の許《もと》、『アセンダントの星座で分かる自分のモテファッション』といった特集等をした。

元々、ファッション誌にいた三波は本当にイキイキしていたし、誌面の評判も良かった。『ルナノート』は中高生に向けた雑誌だが、最近は『母娘《おやこ》で読んでいます』という声も届いている。『モテファッション』特集の際は、意外にも生徒よりも保護者からの反響の方が大きかったくらいだ。

「いいと思いますよ。去年、好調でしたし」

だよね、と三波は嬉《うれ》しそうに言う。

「真矢さん、今年も恋をテーマに企画を立てましょう」

そうねぇ、と真矢は立ち上がり、ホワイトボードに特集案を書いた。

「それじゃあ、今年の夏もテーマは『恋』。とりあえず、今年の『恋に発展しやすい日』のピックアップと今年の流行のファッションに合わせた『アセンダントの星座で分かる自分のモテファッション』は載せるとして、それ以外に、目新しい特集――新しい企画が欲しいわよね」

自分も同感です、と高屋が相槌をうつ。

「恋と占星術を絡めると、『出生図で知る自分の恋愛運』という感じでしょうか？」

高屋の問いに、真矢は、うーん、と唸《うな》る。

そのままホワイトボードに『出生図で知る自分の恋愛運』と走り書きをし、渋い顔で腕を組んだ。

「悪くないんだけど、ちょっと面白味に欠ける感じがして」

「たしかに、字面が堅苦しい感じもしますねぇ」

と、三波が続ける。

「もっと、興味を惹《ひ》くような感じにできたらいいんだけど……」

二人の話を聞きながら、高屋は占星術の解説本を取り出した。

出生図で恋愛を示すのは、５ハウスだったはず。

「それでは、『あなたの5ハウスで観《み》る恋愛運』はどうでしょう？」

あー、と真矢と三波が同時に声を上げた。

「うん、それは悪くない。三波はどう思う？」

「表《ひょう》にできるし、良《い》いと思います。意外とこれまでやっていませんしね」

「それじゃあ、特集の一つは、『5ハウスで観る恋愛運』で決定。そして、新しい企画の方だけど、何かアイデアはある？」

真矢の問いかけに、高屋は顔をしかめて考え込む。が、目新しいことは何も浮かんでこない。

こういう時、自分には柔軟性が足りていないと痛感する。

横で三波が、はい、と手を挙げた。

「最近、『ルナノート』のＷＥＢ記事も結構大人に読まれていて反響ありますよね」

『ルナノート』は、紙媒体だけではなく、公式のＷＥＢサイトもある。サイトでは中高生に合わせた星占いや投稿小説なども受け付けているのだが、最近は占星術に興味がある大人に向けた記事なども載せていた。

そうした記事を載せるようになったのは、『ルナノート』を親子で楽しんでいるという声を受けてのこと。

それでは保護者向けに、もっと踏み込んだ内容を載せようと始めたものだ。それが今や保護者に留《とど》まらず、占星術に興味のある二十代や三十代の独身女性にも読まれていて、評判も上々だ。

「占星術の先生をお招きして、参加者が直接占ってもらえる大人向けイベントをしたらどうでしょう？」

おっ、と真矢が目を輝かせる。

「それ、いいじゃない。占星術の先生……誰が良いかしらね。その前にイベントって、リアル？　それともオンライン？」

そうですねぇ、と三波は迷いながら言う。

「私は、リアルが良いかなと」

「高屋君はどう思う？」

「自分はオンラインですね」

意見が分かれたことで、真矢は意見を求めるように、「マル長」と編集長のデスクに目を向けた。

それまで黙って話を聞いていたマル長は、せやなぁ、と両手で頬杖《ほおづえ》を突く。

「自分はイベントていうと、絶対『リアルがええ派』なんやけど、今の時代はちゃうやろし……せや、営業にも相談しよか」

ちょっとええやろか、とマル長は営業のデスクに向かって手招きをすると、呼ばれた営業の二人――爽やかな好青年と、気だるげな男性がこちらにやってきた。

「『ルナノート』のイベントなら、リアルでもオンラインでも、どちらでもアリだと思いますよ。リアルだったら、これから夏休みに向けてアンソロジー集も売り伸ばしたいですし、事前に著者にサインを入れてもらって書籍の販売もできるでしょうし」

イベントについての意見を求めると、最初に答えたのは、爽やかな好青年・柿崎直《かきざきなお》也《や》だ。

彼はいつも仕立ての良いスーツを身に纏《まと》い、明るい笑顔を浮かべている。今日も白い歯が光っていた。

ちなみに彼は現在、作家の相笠《あいがさ》くりすと交際中である。

そんな柿崎の隣には、気だるげな男性・朽木透が立っている。

朽木はいつもラフな服装だ。髪は常に乱れがち、いつも眠そうな顔をしていて、まったく覇気がない。だが、実は仕事ができる。柿崎がイキイキ営業活動ができているのは、朽木が陰で支えているのが大きい。

そして、この彼が三波茜と交際中であり、足元の段ボール問題につながっている。

「俺も柿崎と同意見だけど、せっかくだからアンケートを取ってみたらどうかな」

と、朽木は、欠伸《あくび》を噛《か》み殺《ころ》したような表情で言う。

アンケート？　と高屋、真矢、三波は朽木に注目した。

「『ルナノート』のSNS公式アカウントで、アンケートを取るんです。『イベントをするなら、リアル・オンライン、どっちがいいですか？』って。それ自体がイベントの宣伝になるし」

真矢は納得した様子で大きく首を縦に振る。

「そうすると、アンケートに答えた読者は、『自分もイベントの企画に参加してる』って特別感を持てるわよね。それは良さそう」

ありがとう、と真矢は朽木に微笑《ほほえ》みかける。

朽木は見た目とは裏腹、いつも的を射た意見を言う。

高屋は、さすが、と感心しながら、チラリと三波の方を見た。

彼女である三波は、きっと誇らしげに違いない。

しかし、三波は思いのほか平静な表情だ。少し冷ややかにも見える顔で、了解です、と答える。

「それでは、SNSでアンケートを募ってみますね」

お願いね、と真矢はうなずく。

「では、イベントの件は三波に担当してもらうとして……」

真矢はホワイトボードに『イベントを開催』と書き記し、振り返った。

「5ハウスの特集については高屋君、柊君の確認を取ってもらって良いかしら」

今、柊は、『ルナノート』のアドバイザーという立場だ。

「分かりました」

今日は早くに上がって、柊に相談に乗ってもらおう、と思いながら、高屋はノートに、『恋特集、「5ハウスで観る恋愛運」、柊に相談』と走り書きをした。

2

神宮司《じんぐうじ》桜子《さくらこ》は、ふわふわした心持ちで、家路を辿《たど》っていた。

鞍馬口通《くらまぐちどおり》には京都らしい和菓子店からアートな工房、少しマニアックなお店まで、違和感なく軒を連ねている。

ノスタルジックとサブカルチャーが入り混じった独特な雰囲気を持っているため、歩いているだけで楽しめるエリア――と言われている。

しかし、ここに住む桜子にとっては、いつもの帰り道でしかない。

いつもは早く帰りたく早足で通り抜けているのだが、今日ばかりはなんとなくまだ家に着きたくないと、のんびり歩いていた。

足を止めて夕陽《ゆうひ》を仰ぎ、はぁ、と熱い息を洩《も》らす。

しばしぼんやりするも、急に頬を赤らめて、早歩きをする。

その繰り返しだった。

桜子が惚《ほう》けているのには、理由があった。

「なんか、信じられないな……」

ぽつりと零《こぼ》して、ポケットからスマホを取り出すと、メッセージが入っていた。

ドキン、と鼓動が強くなる。

『今日は驚かせてごめん。でも、考えておいて』

そんなメッセージにまた頬が熱くなり、あーっ、と桜子は顔を手で覆う。

どんなにのんびりしていても歩いている以上は、家に着くものだ。

やがて『船岡山』と掲げられた小さな看板が目についた。

かつて、この建物は銭湯だったのだが、今はリノベーションをし、『書店』と『珈琲店』が入っている。桜子の祖父母が経営していて、向かって右側の書店は祖母が、左側の珈琲店を祖父が担当している。

住居はその二階で、元々は、『玄武寮』という学生を下宿させていた寮だ。

これまでは、ほぼ毎日のように書店でバイトをしていたのだが、今年の春から受験生になったので、忙しい時以外は手伝っていない。

『珈琲店』は、すでに夜の営業を始めているようだ。

店内にはそれなりに客の姿があった。

自分の顔が緩んでいないかと、桜子は窓ガラスに姿を映す。すると、『珈琲店』のテーブル席で、柊と高屋が話し込んでいる様子が見えた。

「え、高屋、もう帰ってきてるの？」

桜子は、ただいま、と扉を開けて、店に足を踏み入れた。

壁に貼られた色鮮やかな和製マジョリカ（錫釉色絵陶器《すずゆういろえ》）タイルが目に入る。

テーブルと椅子は木製で、ところどころにソファー席があり、片隅には焦げ茶色のアップライトピアノと、ノスタルジックな店内だ。

桜子が目だけで店内を見回していると、お帰り、と三人の男性の声が返ってきた。

声の主は、桜子の祖父と、桜子にとって兄のような存在の柊と、そして、二階の『玄武寮』で唯一、空いている部屋に下宿をしている編集者・高屋誠だ。

祖父はこの店で『マスター』と呼ばれていて、店内では孫である桜子も『マスター』と呼んでいる。白髪に白い口髭《くちひげ》、タータンチェックのベストに黒い腰エプロンを着けている初老の紳士で、今はカウンターの中でコーヒーをドリップしていた。

柊は、誰もが認める美青年だ。

だが、近寄りがたさはまったくない。髪を金色に染めて、いつも人懐っこい笑みを浮かべているため、少し軽い印象だった。

「サクちん、今日も可愛《かわい》いねぇ」

と、柊は、桜子を見て言う。

柊は、実の親と絶縁している。その経緯は、ここでは省略しよう。

今や家族がいないに等しい柊にとって、桜子はかけがえのない妹のようなもので、ややシスコンがかっていた。

ありがと、と桜子は簡単に答えて、柊の体を押しやるように隣に腰を下ろし、向かい側に座る高屋を見やった。

「高屋、早いじゃん。サボり？」

「いや、仕事だよ。柊君に『ルナノート』の特集の相談をしていたんだ」

へぇ、と桜子は相槌をうつ。

桜子も占星術を学んでおり、元々、『ルナノート』のアドバイザーだった。

今年は受験なので役を降りて、柊に任せている。

「次の特集は何にするの？」

「恋だよ」

と、高屋が真顔で答えるので、一瞬桜子の言葉が詰まった。

「いや、なんか、高屋の口から『恋だよ』とか変な感じ」

桜子がぎこちなく笑って言うと、高屋は顔をしかめた。

「仕方ないだろ、恋なんだから」

「や、ちょっと、高屋が『恋なんだから』とか言うの、むず痒《がゆ》いわ」

桜子が自分の体を抱き締めていると、高屋は小さく息をついて肩を下げた。

「柄じゃないのは分かっているよ。だから、柊君の意見を仰ぎたいんだ」

「えー、そういう意味では、俺も柄じゃないんだよなぁ。恋愛の話を聞いたり、相談に乗ったり、ドラマで観たりするのは好きだけど、自分自身は恋愛ってなんか苦手で」

柊は軽く笑いながら、頭を掻《か》く。

「えっ、そうだったんだ？」

その言葉が意外だったようで、高屋はぱちりと目を瞬《またた》かせる。

それは桜子も同じだった。

見た目が良く、優しい柊はとにかくモテる。

似非《えせ》シスコンだから、桜子には内緒にしているが、こっそり誰かと恋愛しているに違いないと踏んでいたのだ。

高屋は、話を戻すが、と眼鏡の位置を正して、口を開く。

「今回は、『5ハウスで観る恋愛運』という特集をしようという話になったんだ。しかし、後から思ったんだが、恋愛運を観るならば、5ハウスというより金星だろうか？」

おっ、と桜子は、高屋を見る。

金星は、自分の『好き』と、美意識を表《あらわ》す星。

出生図の5ハウスは、趣味・娯楽・恋愛などを暗示する部屋だ。

高屋も勉強をしたのだろう。

そうなんだけどねぇ、と柊は弱ったような声を出す。

「金星も5ハウスも恋愛だけじゃなくて趣味とか娯楽とか、自分の楽しさやときめきを暗示していてね、一概に『恋』と言い切れるわけでもないんだよね。なんていうか、『自らの内面を示している』って感じで……」

ふむ、と高屋は相槌をうつ。

「つまり、自己投影の星であり、部屋ということか」

「そうそう、だから、その人の『恋愛運』が分かるわけじゃなくて、『自分が胸に抱いているときめき』とかを暗示しているんだよね」

なるほど、と高屋は腕を組んで難しい顔をするも、すぐに顔を上げる。

「ということは、『恋愛の傾向』は分かるということだろうか」

ああ、と柊は顔を明るくさせてうなずく。

「そうだね、『5ハウスで分かる恋愛の傾向』って感じならOKだと思うよ。それならしっくりくる」

柊の言葉を聞きながら、桜子も、うんうん、と同意した。

では、と高屋は確認を取るように柊を見る。

「5ハウスの中にある惑星で恋愛の傾向が分かるということで大丈夫だろうか？」

その問いに、柊は腕を組み、考え込むように天井を仰ぐ。

「それでもいいんだけど、『ルナノート』の中で『恋愛の傾向』を伝えるなら、惑星よりも星座《サイン》で観ていく感じの方が分かりやすいかなぁ」

桜子は、たしかに、とうなずきながら話す。

その説明に、高屋はなんとなく相槌をうっている。これもピンと来ていないようだ。

「ハウスの星座って、お部屋の壁紙の色みたいなものなんだって」

高屋がピンと来ていないのを感じた桜子は、ええとね、と補足する。

カラー……、と高屋は洩らし、顔をしかめた。

「星座は、その部屋のカラーだもんね」

柊が、これならどうだろう、と人差し指を立てた。

「星座ってハリー・ポッターでいうところの『寮』みたいなものだよ。グリフィンドール、レイブンクロー、スリザリン、ハッフルパフって、それぞれ寮の雰囲気があるよね。星座も同じような感じで、牡羊座寮《おひつじざ》、牡牛座寮《おうしざ》、双子座寮って感じで十二室あるんだ。寮の中には色々なタイプの人がいて、みんなは同じじゃない。でも、やっぱり、寮の色っていうか、特性はあるって感じで」

それは腑《ふ》に落ちたようで、高屋は大きく首を縦に振っている。

「……高屋、ハリポタとか読むんだね？」

意外、と桜子が囁《ささや》くと、高屋は不本意そうな顔で、

「僕は小説ならなんでも読んできたよ」

と、あしらうように言って、柊に視線を移した。

「それでは、『5ハウスの星座で観るあなたの恋愛の傾向』という特集タイトルは、問題ないということで大丈夫だろうか」

うん、と柊はにこやかに答える。

「いいと思う。じゃあ、その表を作ってあげるよ」

「ありがとう。表はメールで送ってもらえたら」

「了解」

二人のやりとりを聞きながら、ふむふむ、と桜子は腕を組んだ。

『恋愛の傾向』――それはすなわち、『恋愛観』だ。

「ちなみに、私の5ハウスの星座は、『天秤座《てんびんざ》』なんだよね」

桜子は独り言のように洩らすと、すぐに高屋はペンを手に取った。

「『5ハウスの天秤座の恋愛の傾向』とは？」

「ええと、『スマートで洗練された恋愛を求めている』って感じかな」

と、桜子は答える。桜子も星読みの一人として、5ハウスが天秤座の恋愛の傾向は分かっている。

しかし、これまで誰かと交際したことがないので、それが当たっているのかどうかは分からない。だが、これから恋をするかもしれない。そんな時に、自分の恋愛観を知っていたら、きっと役に立つのだろう。

——そういえば、彼は、どうなんだろう？

桜子はそっとスマホを取り出して、先ほど届いていたメッセージに目を落とす。

メッセージを眺めていると、頬がほんのり熱くなるのを感じた。

「それじゃあ」

いきなり柊が腰を上げたので、桜子は肩をびくんと震わせ、スマホの画面を隠すようにする。

「そろそろ、仕事に戻るね」

「ああ、ありがとう。時間を取らせてすまない」

「ううん、全然。そうだ、今、マスターと新作スイーツの開発に取り組んでいるんだ。少し先になるかもだけど、出来上がったら、二人とも試食してね」

喜んで、と高屋と桜子はうなずく。

「それと、飲み物持ってくるよ。二人とも、コーヒーでいい？」

と、柊は席を離れて、カウンターへと向かう。

「あ、お兄、私は紅茶をお願い」

桜子がそう言うと、柊は「了解」と人差し指と親指でOKの形を作り、カウンターの奥へと入っていった。

桜子は首を伸ばして、カウンターに目を向ける。マスターはカウンターの中で客と談笑していて、柊は厨房《ちゅうぼう》に入ったようで、姿が見えなくなっている。

これは、チャンスかもしれない。

桜子はごくりと喉を鳴らして、高屋を見た。

「あのね、高屋……」

うん？　とノートにあれこれ書き込んでいた高屋は顔を上げる。

「相談があるの」

「執筆のことだろうか？」

「あ、いや、今は執筆の話ではないんだ」

「それで、なんの相談だろう？」

「実は、その、恋の話で」

「コイの話？」

「そう、私の恋の相談なんだけど」

高屋はぱちりと目を瞬かせた後、露骨に顔をしかめた。

「なぜ、僕に？」

「だってほら、高屋も知ってるだろうけど、私には表面的な友達しかいないし、お兄に知られたら大騒ぎして大変だろうから、身内にも話せないじゃない？　誰にも話せずにいるより、誰かに打ち明けるだけで気持ちが軽くなるっていうか」

はぁ、と高屋は相槌をうつ。

「私、学校で図書委員をやっていて、週に一、二回、昼休みや放課後に図書室で受付係をしているのね。その時に他のクラスの男の子とよくペアになるんだけど」

と、桜子は小声で話す。高屋は何も言わずに、話に耳を傾ける。

「その男の子に、告白っていうのかな、されちゃって……」

へぇ、と高屋は洩らす。

桜子は、もじもじしながら続けた。

「それで、どうしたらいいかなぁ、って……」

高屋は険しい表情で、小首を傾《かし》げる。

「そんなのは他人が答えられる話ではないと思うのだが？」

「そうなんだけど。私は、彼のことをちょっとしか知らないわけでしょう？　でも、告白されて、すっごくドキドキしてるの。だけど好きになったわけじゃないと思うし、このまま付き合って良いのかどうか分からなくて……」

高屋は心底興味なさそうに目を細めた。まるで、チベットスナギツネのような表情をしている。

「なによ、その顔」

「いや、意外だと思って」

「意外って？」

「かつて君はここ、『船岡山珈琲店の星読み』として、たくさんの人の相談に乗ってきたんだろう？　恋愛の相談もあったと思うんだが……」

その割には相談内容が少し幼い、と思っているのが伝わってきて、桜子は口を尖《とが》らせた。

「人の相談に乗るのと、実際に我が身に降りかかるのは別問題なの。普段クールな人でも、恋という嵐に巻き込まれると判断がつかなくなるでしょう？　人はみんな自分のことになると駄目なものだよ」

高屋はなんとなく相槌をうつ。

彼なりに桜子の心に寄り添おうと考えたようだ。

気を取り直したように、では、と手を組み合わせる。

「返事を保留にしてもらって、その人物をもっと知ってみたらどうだろう」

「それって、『とりあえず、友達から』ってやつだよね？」

「そうなんだが……、『友達から』というのは、そこからスタートの意でもあって、交際ＯＫと捉えかねないわけだし、普通に『返事はもう少しだけ待って』と伝える方がいい気がするな」

「そっか。そうだよね、そうしようかな。高屋がこんなまともなアドバイスをくれると思わなかった」

「相談しておきながら、君は相変わらず失礼だな」

　ごめん、と桜子は笑う。

「ところで高屋には、いいなと思う人はいないの？　私で良かったら相談に乗るよ？　人の相談には冷静に乗れるから」

「僕の相談は結構だ。それはそうと君は今年受験生だ。恋もいいけれど、羽目を外しすぎないように」

「分かってるよ、そんなの。彼も『受験生同士、がんばれたら嬉しい』って言ってくれたし」

　ふぅん、と高屋はまた興味なさそうに相槌をうち、大きく息をついた。

「にしても、驚いたよ。まさか君が僕に恋愛の相談なんて……」

「もしかして、初めて受けた？」

高屋は、ああ、とうなずきかけて、動きを止めた。

「一度だけ……いや、あれは違ったな」

と、洩らし、頭を掻く。

「そもそも高屋は、個人的に誰かから相談受けたことあった？」

「一応は。主に勉強だったかな」

「高屋、賢そうだもんね」

「まぁ、恋愛の相談よりもマシなのだろうな。勉強の相談ならいつでも受けられるが？」

いやいやいや、と桜子は手と首を振った。

「ありがたいけど、大丈夫。こう見えて私、志望校A判定だから」

高屋に勉強を教えてもらうつもりはなかった。

これは完全なる偏見だが、高屋はできない者を冷ややかに見下しそうだ。

この男に侮蔑の目で見られたら、湧き上がった怒りがそのまま憎しみへと変わって、これまでのように親しくしていられなくなるだろう、と桜子は心の中で思う。

「お待たせ」

と、厨房から柊が出てきた。テーブルまで歩み寄り、二人の前にコーヒーと紅茶が入ったカップを並べ、お待たせしました、と柊は微笑む。

「ところで、『相談』とかいう声が聞こえたけど、サクちん、また高屋君に何か相談してるの？」

桜子は、ごほっ、とむせて、口に手を当てる。

高屋がすかさず答えた。

「ああ、その、勉強の相談だよ」

そっかぁ、と柊は納得した様子で首を縦に振る。

「もう、サクちんも受験生だしね。なんなら、高屋君に家庭教師をお願いしたいくらいだよね」

「大丈夫、私はA判定……」

と、桜子が言いかけると、柊がかぶせるように答えた。

「なんたって高屋君は、東大出身だし」

その言葉に桜子は、ええっ、と目を丸くする。

「そうなの、高屋、東大生だったの？」

ああ、と高屋はあっさりうなずく。

「文学部だ」

「なんで教えてくれなかったの？」

「聞かれなかったから」

「なんで、お兄は知っているの？」

「聞かれたからだよ」

無表情でさらりと答える高屋を見ながら、桜子は複雑な表情でぶつぶつと洩らす。

「たしかに、高屋は勉強できそうだと思ってたけど、まさかそこまで賢かったなんて。たとえ侮蔑の目で見られても、本当に勉強見てもらいたいかも……」

「侮蔑の目とは？」

「こっちの話」

「何より君はA判定なんだろう？」

「それは、妥協した志望校！」

「妥協した志望校とは……」

「私、ギリギリなのは嫌だからいつも自分の実力よりひとつ下を志望校にしているの。安全圏にいたくて。とはいえ、できるならワンランク上げたい気持ちもあるの」

桜子はそう言うと、熱い眼差《まなざ》しを高屋に送った。

「まぁ……時間がある時なら勉強くらい見るけど」

「あっ、でも、うち、家庭教師代を支払う余裕は……」

元々、神奈川に住んでいた桜子が、今京都の祖父母のところに身を寄せているのは、両親が海外で日本語を教える教師をしているためだ。

両親は、祖父母に学費や養育費を仕送りしている。『塾に通いたいなら、いつでも言ってきなさい』と伝えられているが、実はそれほど余裕はないのではと桜子は感じていた。

「君の勉強を見るくらい、代金なんて別にいらないよ」

「そういうわけには……」

桜子が戸惑っていると、カウンターで話を聞いていたらしいマスターがやってきて、では、と人差し指を立てた。

「高屋君が桜子の勉強を見てくれた日は、当店のメニューなんでもサービスというのはどうでしょう？」

「それは、とてもありがたいです」

高屋は嬉しそうに顔を綻ばせる。

初めて見る表情に思わず桜子の目は奪われた。が、すぐに、いやいや、と首を振って、紅茶を口に運んだ。

3

「あの、その、例の返事……なんだけど、もう少し待ってもらっていいかな」

桜子は高屋のアドバイス通りの言葉を彼に伝えた。

それは、三日後の夕方。

西日が差し込む図書室受付カウンターの中でのことだ。

彼は、一瞬驚いたように、目をぱちりと瞬かせた。

その刹那、察したように小さく笑う。

「うん、それはもちろん」

彼の名前は、須賀《すが》友哉《ともや》。

地毛だという色素薄めのサラサラの髪と、周りの人よりも高い背が印象的な大人びた男子高校生だ。

彼は頬杖を突いて、桜子の顔を覗《のぞ》くようにして言った。

「にしても、神宮司さんって、やっぱ真面目なんだ」

「えっ、真面目ってどうして？」

「そういうのって直接じゃなく、スマホとかで返してくれると思ってたから」

あー、と桜子は苦笑する。

「そうした方がずっと手軽なんだけど、なんていうか、須賀君は直接伝えてくれたし、だから私もって……」

図書室の端のテーブルには人の姿が見えたが、受付カウンターの周りにはひと気はない。それでも桜子は、須賀にようやく届くであろう声で、ぼそぼそと話す。

「そういうところが、真面目」

と、須賀はまた笑う。

一見、退屈そうに見られがちな図書委員だが、仕事は色々ある。

とはいえ、カウンターで貸し借りを受け付けるのは楽な方だ。

暇な時間は、古い本を修繕するように言われているため、今はその作業をしていた。

桜子は破けたページに専用のテープを丁寧に貼りながら、あのね、と口を開く。

「なに？」

と、須賀が、こちらを見たのが分かる。

彼の視線が恥ずかしくて、本から視線を外せない。

「聞きたかったの。どうして、私なんだろうって」

須賀は、可笑《おか》しそうな口調で言う。

「そういうこと聞いちゃうんだ？」

頰が熱くなるのを感じながらも、桜子は平静を装い、手は止めない。

「だって、須賀君って、人気あるみたいじゃない？」

桜子の周りで彼は、『雰囲気イケメン』と呼ばれている。誤解のないように付け加えると、決して悪口ではない。

顔の造作は至って普通なのだが、細身で背が高く、他の男子生徒よりも落ち着いているため、不思議と格好良く見えてくるのだ。

「人気って」

「それに、私とは、この春に同じ図書委員になるまで、そんな接点もなかったし」

「俺、去年——高二の夏休み明けに、この学校に編入してきたじゃん？」

「そうみたいね」

高校生になってからの転校生はなかなか珍しく、学年内で話題になっていたのをよく覚えている。

「廊下で俺、生活指導の先生に怒られたの覚えてない？『髪が明るすぎる、黒く戻してこい』って。俺は『いや、地毛っすけど』って返してたんだけど」

ああ、と桜子は相槌をうつ。

うちの学校は、昔気質《かたぎ》の公立高校で、風紀が厳しい。

桜子の髪も生まれながらに明るめなのだが、入学後生活指導の教師に『染めてぃる』と決めつけられ、『明日までに黒くしてこい』と頭ごなしに説教されたことがあった。

もちろん、そこで黙っている桜子ではない。

幼少期から中学時代までの自分の写真を持参し、『私の髪は地毛です』『勝手に決めつけないでほしい』『もし、地毛だと認められず、黒く染めろと言うならば、教育委員会に訴えかける』と詰め寄った。

生活指導の教師はばつが悪そうに、『もう分かった』と引き下がり、桜子は髪を黒く染めずに済んだのだ。

須賀が生活指導の教師に注意されている姿を見た際、入学当時の怒りが湧き上がり、

『先生、本当に地毛かもしれないじゃないですか！』

と、声を張り上げてしまったのだ。

教師も桜子の姿を見るなり当時の騒動を思い出したようだ。苦虫を嚙《か》み潰《つぶ》したような顔で、『もし染めているなら元に戻すこと』とだけ言って踵《きびす》を返した。

「もしかして、それで私が『真面目』だと思ったの？」

「それもそうだし、生真面目な人なんだなって」

そうかなぁ、と桜子は小首を傾げる。

須賀は『真面目な女子』が好きなのだろうか？

だとしたら、大いなる勘違いだ。

そんな桜子の考えが伝わったのか、須賀は、そうそう、と話を続ける。

「あの後、神宮司さん、俺に会釈だけして、いなくなっちゃったじゃん？」

「そうだった？」

その後のことは覚えていなかった。

「俺、神宮司さんに悪いことしたなぁって、ずっと気にしてて」

「どうして？」

「俺のこの髪、地毛じゃないんだよね。染めてるんだ」

と、須賀は少し長めの前髪をつまみながら、いたずらっぽく笑う。

「あ、そうなんだ」

桜子は、その事実に対して、特に思うことはなかった。

ただ、教師が『染めている』と決めつけていたのが許せなかっただけの話で、須賀が本当に染めていたならば、今、口にした通り、『あ、そうなんだ』という感想しかない。

すると、須賀は小刻みに肩を震わせて笑う。

「何が可笑しいの？」

「なんていうか、神宮司さんってクールだよね」

「えっ、そう？」

「あの一件以来、なんとなく神宮司さんを見かけると目で追うようになったんだ。女子ってみんなでトイレに行きがちだけど、神宮司さんは一人で行っているし、かといって孤立しているわけでもない。いつも一歩離れた場所で、みんなを冷静に見ているような気がしてた。そういうクールなところもなんか、気になったっていうか……」

中学の時、仲が良かった友人たちから、突然無視され、孤立してしまった過去が、桜子の中では、尾を引いていた。

無視されたばかりの頃は、戸惑う気持ちが大きかった。が、やがて怒りと反発に変わっていったものの、それも長くは続かず、悲しみへと感情が移行していった。

自分の良くなかった部分などを振り返り、深く反省した。

そして友人たちに謝罪をしたのだが、関係の回復は見込めないまま、京都に引っ越してきたのだ。

それから、桜子は友人との関係に、一線を引くようになった。

そうすると、人間関係が楽になったのだ。

べったり依存したり、過度に期待したりすることもなく、適度にコミュニケーションを図っていれば、トラブルも起きにくい。

まぁ、と須賀は頭の後ろで手を組む。

「そんな感じで、神宮司さんを見ているうちに、どんどん興味が湧いていったんだ。もっと知りたいなって。今期、俺が図書委員を選んだのも、神宮司さんはきっとまた図書委員をしそうだって予想したからなんだ。それで、こうして一緒にいて距離感とか心地いいなって」

この学校は、生徒は皆、委員を務めなければならない。

京都に住んでいる今、帰る家が書店であり、なおかつ本好きの桜子にとって、図書委員は第一候補だった。絶対に倍率が高いだろうと懸念していたのだが、意外にもそうではなかった。

生徒たちに人気なのは、文化祭や体育祭といった『そのイベントさえ終われば解放される』委員だった。

図書委員という一年間を通して従事しなければならない委員は、さほど人気はなく、桜子は難なく高校三年間、図書委員の席に着いた。

「そうだったんだ……」

まさか、自分と一緒の委員が良くて、図書委員になっていたなんて。

さらに頬が熱くなるのを感じて、桜子は誤魔化すように手許《てもと》の本に目を落とす。

窓から差し込む西日が頬を照らしている。

顔が赤いのは、気付かれずに済むだろう。

――そういえば、と桜子は窓の外に目を向ける。

告白された時も、こんなふうに図書室の部屋が橙色《だいだいいろ》に染まっていた。

図書委員の仕事が終わり、帰り支度をしている際、今後の委員活動のため、連絡先を交換しようと言われて、桜子は素直にそれに応じた。

『神宮司さんって、カレシいたりするの？』

『いないよ』

『あ、そうなんだ』

『どうして？』

『いや、なんとなく年上のカレシとかいそうだと思ってて』

『あー、周りに年上は多いけど、カレシとはまったく違うかな』

『それじゃあ、立候補とかできる？』

『えっ？』

『ほら、お互い受験生だし、励まし合えるカレカノになれたらいいなって』

検討しといて、と須賀はにこりと笑って、図書室を出て行った。

「あのさ」

——という須賀の声に、桜子は現実に引き戻された。

「あ、はい？」

「『返事は待ってほしい』っていうのは、俺のこと、まだよく知らないからだよね？」

「うん、まぁ、そういう感じ」

「じゃあ、今度、一緒に遊びに行かない？」

えっ、と桜子は訊《き》き返す。

「学校以外で一緒に過ごしたら、俺がどんな奴《やつ》か分かるかなって」

「ああ、うん、そうかも」

「とはいえ、俺も今月の土日はバイトのシフトが入ってるから、来月にでも」

「バイトしてるんだ？」

「土日だけ。ただ、休みは申請したらもらえるんだ。神宮司さん、来月の土日、空いてる日ある？」

「今のところは一応はいつでも……」

学校が休みの日くらいは、書店の手伝いをしようと思っていたが、それは桜子の中で勝手に考えていたことだ。

また、書店の手伝いを始めた頃から、友達と予定が入った場合は優先するようにと、祖母であり店長の京子《きょうこ》に言われていた。

「それじゃあ、近くなったら詳細はまた連絡する」

なんとなく、すっかり相手のペースだ。

それでも、それが少しだけ心地《ここち》好《よ》く、桜子ははにかみながら、小さくうなずいた。

――彼は、悪くないかもしれない。

4

桜子はふわふわした気持ちで、帰路を辿る。

しかし、恋愛に浮ついてはいられない。

高屋も言っていたように、自分は受験生だ。

家の前まで来て桜子は、うん、と顔を引き締め、『船岡山珈琲店』の扉を開けた。

「ただいまー」

マスターはカウンターの中、柊はホールで、「お帰り」と声を揃《そろ》える。

店内を見回すと、すでに高屋が帰っていて、ドリンクを飲んでいた。

「高屋、レモネード飲んでるの？」

珍しい、と洩らして桜子は、高屋の向かい側に腰を下ろす。

「ああ、これは、『京《きょう》檸檬《レモ》ネード』といって、夏の新作だそうだ」

へぇ、と桜子は顔を近付ける。

タンブラーグラスの中に、氷と輪切りのレモンが入っている。天辺《てっぺん》には、ミントがちょこんと載っていた。

「『船岡山珈琲店』は夏に向けて、レモンを押し出していくことを決めたそうだ」

と、高屋は『京檸檬ネード』について説明を始めた。

レモンといえば瀬戸内が有名だが、京都のものにこだわるこの店では、すべて京都府産の『京檸檬』というブランドのレモンを使用している。豊かな香りが特徴だという。

「『京檸檬ネード』の味はどう？」

「美味《おい》しいよ。甘酸っぱさがちょうどいい。今、レモンのスイーツも開発中だそうだ」

高屋はふと思い出したように、顔を上げた。

「レモンといえば、君は、『檸檬』を……」

高屋が何か言いかけた時、チリン、とドアベルが鳴った。

店の扉に目を向けると、ゴシック＆ロリータのドレスを纏った女性が佇《たたず》んでいる。

華やかなドレスとは裏腹、表情はとても暗い。

あれ、と桜子は目を凝らす。

「くりす先生？」

作家の相笠くりすだった。

少し前に耕書出版のスマートな営業・柿崎直也と交際を始めたことで、ゴスロリファッションをやめていたのに、再び元の姿に戻っている。

何より、彼と二人でいる時は幸せそうにキラキラしていたというのに、今は墓場から蘇《よみがえ》ったゾンビのように生気がない。

相笠くりすは、桜子と高屋が向かい合って座るテーブル席まで早足でやってきて、断りもなく桜子の隣に腰を下ろす。

二人が驚く間もなく、相笠くりすはそのままテーブルに突っ伏した。

「桜子ちゃん、私、もう駄目かも……」

桜子は、えっ、と目を見開く。

彼女は大人気作家だ。桜子の目には欲しいものをすべて手に入れた天上人のように見えるが、そうした立場が故の悩みももちろんあるのだろう。

実際SNSを見ると、病んだつぶやきをする人気作家は少なくない。

桜子も執筆を続けていると、不平や不満、嫉妬などにかられて情緒が不安定になり、つい、負にまみれた心の吐露をしそうになる。

だが、そのたびに——作家がSNSをする際には、『個人』ではなく『企業のアカウント』のような気持ちで投稿するといい――という柿崎のアドバイスを思い出し、踏み留まっていた。

落ち込んだ彼女の様子を目の当たりにし、桜子が何も言えずにいると、

「相笠先生、いらっしゃいませ。またまた、お悩みモードですか？」

空気が読めないのか、あえて読まないのか、柊がにこやかに歩み寄り、明るい口調で訊ねた。

相笠くりすは突っ伏したまま、うん、とうなずく。

「それって、仕事ですか、それともプライベート？」

相笠くりすは、ゆっくりと顔を上げ、息を吐き出すように言った。

「プライベート……やっぱり私には、無理なのかもしれない」

えっ、と桜子は目を剝《む》いた。

「プライベートって、もしかして、その、何かあったんですか？」

桜子は『柿崎さんと』という言葉を伏せて訊ねた。

相笠くりすと柿崎直也が交際を始めたのは、少し前のことだ。

早くも危機が訪れたのだろうか？

彼女は、桜子の質問には答えず、決まり悪そうに高屋に視線を移した。

「……高屋君、直也さん、社内ではどんな感じ？」

どんな感じ……、と高屋は天井を仰ぐ。

「いつもと変わらないですよ」

そう、と洩らして相笠くりすは立ち上がり、

「ごめんなさい。ちょっと抱え込んでいたせいか、ここに来たら急に弾《はじ》けてしまったみたい。少し頭を冷やすわ」

アイスコーヒーをお願いします、とカウンターにいるマスターに声を掛けてから、店の端のテーブルへ移動し、トートバッグから原稿を出していた。

桜子と柊と高屋は、頭を突き合わせて、こそこそと話す。

「絶対、柿崎さんと何かあったよね」

「うん、きっとそうだろうねぇ」

「ああ、おそらく」

ねぇ、と桜子は、高屋に向かって小声で訊ねる。

「高屋、柿崎さんの様子って、本当に変わりないの？」

「僕が見る限りは特に変わりは……とはいえ、観察しているわけではないから、正直言ってよく分からない」

「それじゃあ、ちゃんと観察すべきだよ」

桜子が強い口調で言うと、高屋は、えっ？　と目を瞬かせる。

「どうして僕が……」

「だって高屋は、くりす先生直々に『社内ではどんな感じ？』って、聞かれたわけでしょう？」

「いや、あれはあの時だけの質問ではないかと」

分かってない、と桜子は首を横に振る。

「もちろん、その時限りの会話だったと思うけど、あの質問をすることで、『高屋君が私の言葉を気に留めてくれていて、柿崎さんの社内での様子をチェックして教えてくれると嬉しいな』っていう想いが心の奥に潜んでいたと思うの」

高屋は黙って相笠くりすに視線を送る。

彼女は赤いペンを手に、頬杖を突いた状態で、原稿を眺めていた。

「……考えすぎでは？」

すると柊は、いやぁ、と腰に手を当てて、鷹揚《おうよう》に答える。

「サクちんの言葉は極端だけど、一理あるだろうね」

「そうだろうか」

そうだよ、と桜子は、高屋を一蹴した。

「高屋って、たくさん本を読んでいるわりに人の心の機微とか分からないんだねぇ」

と、桜子が呆《あき》れたように息を吐き出す。

「人の心の機微って……」

高屋は不本意そうな表情で、レモネードを口に運んだ。

5

『たくさん本を読んでいるわりに、人の心の機微とか分からないんだねぇ』

と言った桜子の言葉は、思った以上に高屋の心に深く突き刺さった。

京都駅に向かう京都市営地下鉄の電車の中、大阪に向かうJR西日本の車両の中でも、さらに自分のデスクについてからも、桜子の言葉がループしていた。

自分は平均的に、読書量は多い方だ。人に『読書家だね』とよく言われる。

そして、それと同じくらい、『ちょっと空気読めないところあるよね』とも言われる。

不本意だ。読書量と洞察力は、別問題だろう。

と、パソコン画面を睨《にら》みつけていると、

「柊君の表、『5ハウスで観る恋愛の傾向』見たよ。良い感じだね」

隣から三波に声を掛けられて、高屋は我に返った。

「そうですね」

「柊君なら、『恋特集』とか得意そうだよねぇ」

「自分も同じように思っていたんですが、彼は、恋愛に興味がないようで……」

「えっ、私はそうは思わないけど」

「そうですか？」

「うん。柊君って、桜子ちゃんが好きなんじゃないかな」

はっ？　と高屋は眉間に皺を寄せた。

その後に、いやいや、と首を横に振る。

「あの二人は兄妹《きょうだい》のようなもので……ありえないです」

「そうかなぁ」

「そうですよ」

高屋が強い口調で返した時、背後から話し声が聞こえてきた。

「お帰り、柿崎君、前に言ってた販促物のデータ、出来上がってるから」

「あっ、朽木さん、ありがとうございます。待ってました」

思わず高屋は振り返って、声の方向に目を向ける。

柿崎直也と朽木透だ。

高屋は、営業の二人――特に柿崎の様子を確認しようと目を凝らす。

やはり、変わった様子はない。

その矢先、ねぇ、と隣に座る三波が耳打ちしてきた。

「柿崎さん、少し様子が違わない？」

「えっ、どこがですか？」

「いつもワイシャツ、ビシーッとアイロンかかってるのに、今日はちょっとヨレヨレだし、いつもセンス抜群なのに、今日はスーツの色に合わないネクタイをつけてるし、髪も決まってないし、表情が暗い」

三波の言葉を受けて、高屋は今一度、柿崎の方を見る。

柿崎は、今も笑顔で朽木と会話をしている。

「表情暗いですか？　笑顔ですけど」

「なんか、作り笑いっぽいじゃない」

「そうですか？」

高屋と三波がボソボソ話していると、

「柿崎君、ちょっと疲れた顔してるけど、大丈夫？」

という朽木の声が耳に届き、高屋は大きく目と口を開いた。

三波は、ほらね、と得意満面を見せる。

「あ、寝不足なだけで、大丈夫っすよ」

柿崎は慌てたように、答えていた。

昨日、相笠くりすが『私、もう駄目』『無理なのかも』とうな垂れていた。

「本当に相笠先生と何かあったんだろうか……」

と、高屋は思わず囁く。

「えっ、相笠先生がどうかしたの？」

そこはさすが三波。意味深な吐露を聞き逃さなかった。

高屋は、しまった、と口に手を当てながらも、ぼそっと話す。

「いえ、昨夜、『船岡山珈琲店』に来ていましてね。『もう駄目かも』と洩らしていたんですよ……」

そっかぁ、と三波は察したように相槌をうつ。

てっきり、『ねぇ、それでどうしたの？』と詰め寄られるかと思ったのだが、三波はそれ以上追及してこなかった。

もしかしたら、朽木づてに事情を聞いているのだろうか？

「何か知っているんですか？」

「ううん、何も知らないけど？」

ただ、と三波は続けた。

「そろそろ、魔法が解ける頃だから」

そう言って三波は頬杖を突き、遠くを見るような目を見せた。

「魔法？」

「付き合ってすぐはキラキラフィルターが掛かっていて相手のことがよく見えるものなのよ。それが二ヵ月も過ぎてくると、フィルターが外れるの。相笠先生って、夢見がちなところがありそうだから、フィルター効果がなくなって、『なんか違う』ってなったんじゃないかなぁって」

はぁ、と高屋は訝《いぶか》しく思いながら相槌をうつ。

「三波さんにもそのフィルターがあったんですか？」

「多少はね」

「それで、朽木さんが良いアドバイスをした時、冷ややかな顔をしていたんですか?」

　高屋が思わず訊ねると、三波は頬に手を当てた。

「えっ、うそ。そんな顔してた?」

　はい、と高屋はうなずく。

「私の場合、彼は同僚だし、そもそもどんな人か知ってるからフィルターが外れてもガッカリはしていないのよ。もしあの時、そんな顔をしていたとしたら、多分……」

　と、三波の話が終わらないうちに、離席していた真矢がデスクに戻ってきて、

「そういえば、三波」

　と声を掛けられたので、会話は中断された。

「企画の件、SNSのアンケートではどんな感じだった?」

　はい、と三波は表情を引き締める。

「まず、イベントですが、リアルかオンラインかでしたら、オンラインの方が圧倒的に多数でした。オンライン希望者からは、相談はしたいけれど顔は出したくないから、アイコン等《など》の設定が欲しいという声も多く寄せられています」

　高屋も公式アカウントが行ったアンケートの結果をチェックしていた。

　七対三の割合で、オンラインイベントを希望する者が多かった。

オンラインイベント——それはその名の通り、リモートで行うイベントだ。

出版業界では、主に著者のトークショーなどをオンラインで開催している。

アンケートでは、『地方でも参加できるから』『家でまったり観たい』『見逃し配信も希望』という声も届いていた。

「そして、イベントに来てほしい占星術師は誰なのかも聞いたところ、意外にも有名な占星術師ではなく、柊君が良いって声が多かったんです」

へぇ、と真矢は大きく首を縦に振る。

もちろん、他にもテレビに出演していたり、動画配信で名が知れていたりする占星術師の名前も挙がっていたが、『いつも「ルナノート」の監修を務めている柊先生が良いです』『アドバイスが優しくて、ユーモアがあって、どんな人か知りたい』と、柊がダントツだ。

「柊君は今や、『ルナノート』の看板だものね。それじゃあ、イベントは、オンラインで決定で、柊君にお願いしましょうか」

「いいと思います」

真矢と三波は、明るい顔でうなずき合っている。

高屋だけは渋い顔で、あの、と小さく手を挙げた。

「確認なんですが、オンライン上で柊君の姿を公開し、皆が見ている前で占星術鑑定をしていくということなんですよね？」

高屋の問いに、真矢は、そうねぇ、と眉根を寄せた。

「ガチな個人鑑定という感じではなくて特集に先駆けて、５ハウスの星座を元に恋のアドバイスをするっていう、もっと気軽に相談できるイメージかな」

そうですね、と三波が同意した。

「『ルナノート』のＷＥＢ記事を読んでいる方々は、占星術初心者が多いようですし、ライトなタッチが良いと私も思います」

高屋自身も『ルナノート』愛読者相手に本格的な占星術鑑定を行うことに、どこか抵抗があったため、そのくらいなら、と安堵《あんど》の息をつく。

まだまだ自分は、『占い』に対して、抵抗感が残っているようだ。

「まずは、柊君に確認を取らなきゃ。高屋君、お願いね」

と、真矢が、高屋の方を向いた。

「えっ、僕がですか？」

高屋が露骨に驚いていると、三波が不思議そうに訊ねた。

「何その顔、柊君とは仲良くしているんでしょう？」

「いや、まぁ。彼、嫌なんじゃないかなと……」

仲良くしているからこそ、伝えにくい場合もある。

柊は教祖のように扱われていた過去を持つ。トラブルを避けるため、今は表に出ないようにしている節があった。

断られるのではないだろうか？

そんな気持ちになっていると、高屋君、と真矢が真摯な眼差しを高屋に向けた。

高屋は黙って視線を合わせる。

「あなたは今後、文芸の編集者としてやっていきたいのよね？」

はい、と高屋は強くうなずいた。

今、自分はなぜか、大阪支社で、『ルナノート』という中高生向けの星占い雑誌の担当をしているが、いずれ文芸の世界へ戻りたいと切望している。

「文芸の編集者にとって、一番大事な仕事ってなんだと思う？」

えっ、と高屋は目を瞬かせた。

「作家が素晴らしい作品を書けるよう、サポートをしていくこと……」

「それも大切なことね。でも、もっと基本的な話なの」

「基本的な話？」

ええ、と真矢は腕を組み、鋭い眼差しを見せる。

「それは、作家からきっちり原稿をいただくことよ！」

強い言葉に、高屋は目と口を大きく開けた。

「作家も書きながら色々あるものよ。失恋したり、離婚したり、スランプに陥ったり。だけど、どんな状況でも編集者は原稿をいただいてこなければならない。相手の状況を汲《く》みつつ、それでも原稿を預かってくるのが編集者の仕事。担当編集と作家は時に親友のように仲良くなってしまうケースもある。相手の事情を知っているが故に『こんな無茶なお願いはできないな』なんて遠慮していたら、他社に出し抜かれるんだから！」

過去にそういった失敗があったのか、真矢の口調には熱がこもっている。

高屋が圧倒されていると、真矢は息をついた。

「まぁ、出し抜かれるくらいならまだいいのよ。けど、作家のことを考えて、勝手に遠慮してそっとしておいたら、そのまま書けなくなって、業界から消えてしまう場合もある」

そんな真矢の話を聞きながら、三波は小首を傾げた。

「でも真矢さん、その話と柊君の話、関係ありますか？」

「大ありなのよ。つまり文芸の編集者になったら、言いにくいこと頼みにくいことを作家にお願いしていかなければならない。高屋君が柊君に『きっと嫌なんじゃないかな』と思いつつ仕事を依頼するのは、編集者として必要な経験なのよ」

真矢がそこまで言った時、高屋の目に力が宿っていた。

「分かりました、真矢さん。耕書出版の編集者として、彼に依頼をし、承諾を得ます！」

「頼もしい、高屋君！」

と、真矢は拍手をし、三波は「え、大袈裟……」と肩をすくめていた。

6

「オンラインイベント？　うん、いいよ」

柊はキッチンで調理をしながら、あっさりと答えた。

柊の一歩後ろにいた高屋は、えっ、と直立する。

ここは、柊の部屋だ。

いつもバニラのようなほんのり甘い匂いが漂っていて、小さくボサノバが流れている。畳の上にアジアンテイストのラグマットが敷かれており、小さなカウチソファーが置かれ、天井から月や星を模った木製のオーナメントが下がっている、柊らしいのんびりとした雰囲気である。

『船岡山珈琲店』の夜の営業が休みだったので――店の営業はすべてマスターの気まぐれにより変化するのだが――、高屋はすぐ隣の柊の部屋を訪れていた。

玄関先で話をしようと思ったのだが、『これからチャーハン作るとこなんだ、一緒に食べようよ』と柊に招かれて、今に至る。

柊は言葉通り、すぐにチャーハンを作り始めた。

彼はいつものようにTシャツ姿だ。

そのシャツには『人は、出会った人としか出会えないんだな』と相変わらず、深そうでいて、当たり前のことが書かれている。

柊は中華鍋を豪快に振って、白米をパラパラに炒《いた》めていく。

高屋は、食器棚から皿を出しながら、ぽつりとつぶやいた。

「それにしても驚いたな……」

「えっ、俺の鍋さばきに？」

「いや、君の手さばきに今さら驚きはしない」

柊は、おたまで器用にチャーハンを載せた。

「ふぅん？　あっ、これ、テーブルに運んでおいて」

高屋は言われた通り、カウチの前の決して大きくないテーブルにチャーハンがこんもりと載った皿を並べた。

柊は冷蔵庫から缶ビールを二つ持ってきて、どうぞ、と高屋に手渡す。

「ありがとう」

「さっ、食べようか」

二人はラグマットの上にクッションを置いて座布団にし、いただきます、と手を合わせた。

卵、長ネギ、刻んだチャーシューが入っているオーソドックスなチャーハンだった。スプーンですくうと、ほんのりごま油と鶏《とり》ガラスープの香りが鼻腔《びこう》を掠《かす》める。

食欲がそそられた高屋は、ぱくりと口に運んで、香ばしさに目を細めた。そのままビールを飲み、ふぅ、と息をつく。

「美味《うま》い」

高屋の言葉に、柊は嬉しそうに八重歯を見せる。

「良かった。チャーハンとビールって、背徳の組み合わせだよね」

「たしかに、どちらも炭水化物だ」

と、高屋は再びチャーハンを食べて、頬を緩ませる。

「それより、何が『驚いた』って？」

「ああ、君があっさりイベントを引き受けてくれたから……」

高屋がぎこちなく言うと、柊はぱちりと目を見開いたあと、小さく笑った。

「リアルイベントだったら、ちょっと遠慮したいけどオンラインだからね。でも一部顔は隠させてもらいたいな。仮面とかマスクとかで」

分かった、と高屋はうなずく。

「顔を晒《さら》してしまえば、過去に関わった人間がまたやってくる可能性があるわけだし、それが良いと僕も思う」

柊は小学生の頃、母と再婚相手の指示により、『ヒミコ』と名乗り、巫女《みこ》の姿をして星を読んでいた。

まだ子どもであり、容姿が美しかったため、ヒミコは『美少女占星術師』と話題を呼び、人気を博し、やがては教祖のように祀《まつ》りあげられるようになった。調子に乗った母と再婚相手は、高額な鑑定料をせしめ始めるも、汚いやり口から訴えられ、摘発された。

騒動が終わった後、柊は両親とは距離を取り、遠縁で自らの占星術の師であったマスターの許に身を寄せ、今に至る。

過去のトラウマから、柊はしばらく占星術鑑定を行っていなかったのだが、桜子のがんばりにより、今は星読みとして復活している(桜子は『高屋の影響だ』と言っていたが)。

しかし当時を恨みに思っている元信者もいて、時々噂《うわさ》を聞きつけてはこの『船岡山珈琲店』を訪れ、罵詈《ばり》雑言《ぞうごん》を浴びせるという出来事があった。

その時、柊は一言も弁解せず、謝り続けた。

高屋としては、柊は何も悪くないのに、と悔しかったが、柊としてはそうするしかなかったようだ。

元信者は力一杯、文句を言い放ち、腹に溜《た》めていた思いを吐き出した後は毒気を抜かれたように踵を返して、店を出て行ったのだ。

高屋が、イベントのことを柊に言いにくかった理由はそこにある。

過去のトラウマからようやく立ち直り、少しずつ歩み始めた柊に、いきなり多くの人の前で話してくれ、などと言えたものではないと思っていた。

高屋が苦々しい気持ちを流し込むようにビールを飲むと、柊は、いやいや、と手と首を横に振る。

「元信者のことは、もう心配してないよ」

思いもしない言葉に、高屋はごほっとむせた。

「えっ、そうだったんだ？」

「うん、ほんとのガチ勢さんたちは、とっくに文句言いに来てるし」

柊は、一度見たものはすべて記憶するという、並外れた記憶力があった。

それが故に、奇跡の占星術師と崇《あが》められるようになったのだが——。

「それじゃあ、どうして顔を隠したいと？」

「それは、ほら、『ルナノート』の読者層って主に女性でしょう？　俺が顔出しとかして、熱烈なファン、ガチ恋さんになっちゃったら困るなぁって」

『ガチ恋』とは、有名人等に本気で恋をしている人を指す。

すごい自信だ、と思ったが、柊の顔を見ると、実際、アイドルとも遜色のない美形であり、つい、納得してしまう。

「分かった。マスクじゃなくて目の方を隠すようにしよう。君は目力が強いから」

「目の方って、五条《ごじょう》先生みたいな感じで？」

と、漫画のキャラクターを譬《たと》えに出して聞いてくる。以前の高屋なら『どこの先生だろう？』と首を傾げたところだが、今は柊の影響で漫画も熟知していた。

「そうだな、あんな感じでいこうか」

「わー、俄然《がぜん》楽しみになってきた」

嬉しそうに言う柊を見て、高屋はホッと安堵の息をついた。

「それじゃあ、これから告知を始めるから、よろしく頼むよ」

「それって、相談希望者がたくさん来たらどうするの？」

「もちろん、抽選だよ」

「そうなんだ。あっ、そうだ、高屋君。あの人に声を掛けてもらえないかな」

と、柊は提案をしてきた。

高屋は、分かった、とうなずく。

とりあえず、柊の了承を得られたことを報告しておこう、と高屋はチャーハンを平らげたあと、スマホを手に取り、真矢にメッセージを送ると、すぐに『ありがとう、高屋君。目を隠す件も了解』と返事が届いた。

「それはそうとさ」

柊が急に真剣な表情を見せた。

高屋はスマホを置いて、なんだろう？　と視線を合わせる。

「最近、サクちんが変なんだよね。高屋君、何か知ってる?」

高屋はごくりと喉を鳴らし、眼鏡の位置を正した。

「変、とは?」

「とにかくなんだか変なんだ。妙にそわそわしていたり、ぼんやりしたりさ。もしかしてカレシとかできたんじゃないかなって。高屋君、何か聞いてたりする?」

いやぁ、と高屋は苦笑する。

「桜子君は、僕にそんなことを話さないだろう?」

高屋は嘘が苦手だ。目をそらしながら、素っ気なく言った。

「そっか、そうだよね。それじゃあ、智花《ともか》さんに訊いてみようかな……」

智花とは、『船岡山書店』でパートをしている若い主婦だ。

思わず、三波の言葉が頭を過《よぎ》った。

——柊君って、桜子ちゃんが好きなんじゃないかな。

まさか、と振り払いながらも、気になった気持ちは止められそうもない。遠回しに聞いてみよう、と高屋は窺《うかが》うように口を開く。

「ところで、どうして君はそんなに桜子君の恋愛に目くじらを?　彼女ももう高校三年生なんだし、恋愛もするだろう?」

するると、柊が勢いよく振り返る。

「分かってる。けど、理屈じゃないんだ！」

その迫力に高屋の肩がびくんと震えた。

たとえばだよ、と柊が前のめりになる。

「独り身の親が、誰かと恋をしそうになってると考えてみて。理性では『親には幸せになってもらいたいから良かった』と思ったとしても、本音は『絶対嫌』だったりするじゃん。そんな感じで、うちの小さくて純真で可愛いサクちゃんが誰かと恋とかって、ものすごく嫌！」

「小さくて純真で可愛い……」

仁王立ちして怒っている桜子の姿が頭を過り、高屋は遠い目をする。

だが、理屈ではないという気持ちは、共感できる気がした。

そして、この言動を聞き、やはり恋愛とはまた別ものだ、と高屋は安堵の息をついた。三波の思い込みだろう。

「しかし、そんな風に言っていたら、桜子君に嫌われるのでは？」

「それなんだよ。サクちゃんに嫌われたくないんだよねぇ。『完璧なお兄ちゃん』であり続けたいっていうかぁ」

「完璧なお兄ちゃん……？」

お兄！　と怒鳴り声を上げている桜子の姿を思い浮かべ、高屋は眉間に皺を寄せる。

実のところさぁ、と柊は急にしおらしい声を出して、肩を落とす。

「そろそろサクちんにカレシができても仕方ないとは思ってるんだ。ただ、それが変な奴だったら、って、本当に心配で。高屋君、それとなくサクちんのこと探ってもらってもいいかなぁ」

「……努力する」

高屋はばつの悪い気持ちで、ビールを口に運んだ。

7

高屋たち『ルナノート』編集部がオンラインイベントを含めた夏の恋特集に向けて動き出している間、桜子はひたすらに勉強に打ち込み、気が付くとカレンダーが変わっていた。

――六月中旬の土曜日。

入梅していたがその日は快晴で、初夏の爽やかな風が吹いていた。

今日はデートだ。

正直、『デート』と言い切ってしまうのは、抵抗があるけれど、告白してきてくれた男の子・須賀友哉に誘われて出かけるのだから、デートでしかないだろう。

待ち合わせの時間より早くに着いた桜子は、そわそわしながら目だけで周囲を確認する。

時計を見ると、もう待ち合わせの時間——十一時になりそうだ。

桜子はスマホを手に取り、メッセージをチェックする。

待ち合わせた場所は——、

「北大路《きたおおじ》ビブレ……じゃなくて、イオンのマックの前で間違いないんだよね」

地下鉄北大路駅・バスターミナルに隣接している複合ショッピングセンターは元々、『北大路ビブレ』という名だったが、今は『イオンモール北大路』だ。

変わってからしばらく経《た》つというのに、ついつい以前の名前が過るのは地元民あるあるかもしれない。

ハンバーガーショップの入口前はテーブルや椅子が並ぶ、屋外テラスだった。

早く着いたので、コーヒーでも飲みながら、そこに座って待っていようと思ったのだが、今日は土曜日ということもあって既に席は埋まっていた。

桜子はどこからやってきても見えるであろう位置に立ち、持参した文庫本を読んで時間を潰す。そろそろ、待ち合わせ時間だろうか、とスマホを見ると、約束の時間を少し過ぎていた。

あれ、もしかして、来ないとか？

嫌だな、からかわれたのだろうか？

そんな不安を抱き始めた時、「おはよぉ」と須賀が姿を現《あらわ》した。

Tシャツの上に、大きめのサマーニット、ジーンズという出《い》で立《た》ちだ。

須賀は、桜子の前にゆっくりと歩み寄って、笑みを見せる。

「ごめん。待たせた？」

今は、十一時四分。微妙に遅刻だが、目くじらを立てるほどではない。

「ううん、大丈夫」

「それじゃあ、行こうか」

須賀は、バスターミナルへ向かって歩き出す。

「えっと、行くってどこに？」

「映画観たいと思って」

「それじゃあ、三条《さんじょう》か京都駅？」

ハズレ、と須賀は振り返り、いたずらっぽく笑って言う。

「『出町座《でまちざ》』って知ってる？」

『出町座』は下鴨神社《しもがもじんじゃ》の近く——出町桝形《でまちますがた》商店街にある小さな映画館である。新しい映画だけではなく、過去の名作なども上映していることで知られていた。

「あ、うん。お洒落《しやれ》っていうか、素敵なところだよね」

「俺、よくそこ行くんだよね。ああいうシネマが京都にもっと増えてほしいんだよな」

「須賀君、映画好きなんだ？」

「割と。でも、受験生だから、今は控えてる」

「あー、そうだよね。私も控えてること、色々あるなぁ」

小説の執筆をセーブしているのを思い浮かべながら、桜子は相槌をうつ。

「桜子は何を控えてるの？」

急に名前で呼ばれて、桜子は驚きながらも、ええと、と目を伏せる。

小説を書いているというのは、なんとなく気恥ずかしくて口にするのが躊躇《ためら》われる。

「ええと、部活動とか……」

誤魔化すために咄嗟《とっさ》に口をついて出た言葉だが、嘘ではない。今、桜子の中で、『文芸サークル部』に入りたい気持ちが浮上していた。これまでは、『プロを目指す以上、孤独にがんばらなければ』と頑《かたく》なになっていたのだが、高屋に作品を読んでもらい、感想や意見を伝えられ、自分は著しく成長した。もしかしたら、クリエイターは孤独に奮闘するよりも、人と関わりながらがんばる方が良いかもしれない、と考えが変わったのだ。そうなると、急に文芸サークル部に入りたい熱が上がってきていた。

「えっ、桜子、何か部活に入ってたんだ？」

「ううん、入ってないよ。だからこそ、高校生のうちに部活動をやっておいてもいいんじゃないかって気持ちになってきて」

「けど、普通はそろそろ引退を考える時期じゃね？」

「そうなんだよねぇ。受験生だし、部活なんてしてる場合じゃないんだよね」

妥協している志望校はA判定だけど、と心の中で付け加える。

「まー、俺も前の学校ではバスケやってたから、その気持ち分かるな。時々、無性に部活動したくなるし」

「須賀君、バスケしてたんだ。そっか、背高いもんね」

「それ、よく言われる」

「どうして、こっちでバスケ部入らなかったの？」

「中途半端な時期すぎるかなって。高二の二学期からってのもさ」

「それはたしかに。でも、バスケいいよね」

「桜子、バスケは？」

「観る分には、好き」

二人はそのままバスに乗って、下鴨本通《しもがもほんどおり》を南下し『葵橋西詰《あおいばしにしづめ》』という停留所で降りた。『出町桝形商店街』は、そこからは目と鼻の先だ。

商店街の入口には、『いらっしゃいませ』という大きな看板が掲げられ、カラフルな三角の旗やのぼり、可愛いイラストの描かれた黒板がアーケードを彩っている。

ここは、町中の商店街よりも小規模で、地域性の感じられる商店街だ。

ここの雰囲気大好き、と桜子はウキウキしながら、アーケード内を歩き、『出町座』の前で足を止めて、上映スケジュールを見た。

「今、どんな映画やってるんだろう……」

「チケット、実はもう用意してて」

と、須賀は財布の中から、映画のチケット二枚を出して見せた。

「あっ、そうだったんだ、ありがとう」

「めちゃ張り切ってるみたいで恥ずいんだけど。あっ、ちょうど入場開始みたいだ」

行こう、と先導する須賀に、桜子は、うん、とうなずいた。


映画が終わり、二人は商店街にあるレトロなカフェに入った。

メニューを見るとトースト、サンドイッチ、ホットサンド、ホットケーキと軽食が並んでいる。

須賀はホットサンドとコーヒー、桜子はホットケーキとカフェオレを注文した。

「そういえば、桜子の家って、もしかして、鞍馬口通の喫茶店？」

「あ、うん」

「やっぱ、そうなんだ。たまたま、あの店にいる時、桜子を見かけたことがあって」

「そうだったんだ。声かけてくれたら良かったのに」

「なんだか、真面目そうな人と話し込んでたから」

「それって、スーツ着た眼鏡の男？」

「そう。あの人、兄貴？」

「いや、なんていうか、家庭教師……？」

「それじゃあ、金髪のカッコイイスタッフさんは？」

「あー、あれは、お兄」

と、桜子は簡単に答える。

そうなんだ、と須賀は小さく笑う。

「それはそうと、映画どうだった？」

「うん、面白かったよ」

二人は他愛もない話をして、カフェを出た。

須賀とは、北大路駅で別れた。

家の前まで送ってくれると言ったのだが、家族に見付かったら色々うるさいから、と桜子は断って、一人家路を辿る。

時計を見ると、夕方六時半。まだ、空は明るかった。

いつもなら店に顔を出すのだが、やけにお洒落をした自分の姿を家族に見せるのが気恥ずかしく、桜子は建物の裏手に回った。

そこに二階の住居、『玄武寮』へと続く階段があるのだ。

桜子は音を立てないように階段を上り、自宅の扉を解錠する。

祖母・京子は今も書店で仕事中であり、家には桜子一人だ。

帰るなり、手洗いうがいを済ませて、すぐに冷蔵庫の中を確認した。

「小腹すいた……」

しかしめぼしいものはなく、仕方ない、と炊飯ジャーの蓋を開けて、茶碗《ちゃわん》にご飯をよそい、梅干を入れて、塩で握って海苔《のり》を巻き、おにぎりを作る。

食卓に座るなり、もぐもぐとおにぎりに食らいついた。

「あー、やっと、お腹《なか》が落ち着いた……」

ふとスマホを確認すると、真矢からメールが入っている。

桜子は驚いて、画面に顔を近付けた。

「えっ、真矢さん？」

真矢とは連絡先の交換をしているが、メールなど来たことがなかった。

「どうして私に……」

桜子は戸惑いながら、メールを読む。

そこには、前置きの文章の後、『ルナノート』の企画で今度、オンラインイベントを行う旨が書かれていた。

「うん、オンラインイベントするのは知ってるよ。お兄が引き受けたのは、正直意外だったけど……」

でも、いい傾向だ、と桜子は独りごちながら、メールを確認する。

『良かったら、ご招待いたしますので、桜子ちゃんも視聴してください。参加も大歓迎です』

いやいやいや、と桜子は苦笑した。

「お兄に相談なんてできませんよ、真矢さん」

次の一文は、桜子の言葉を予測していたかのようだ。

『とはいえ、桜子ちゃん的に柊君には相談しにくいですよね。でも、顔を隠す機能も付いているから、匿名で柊君に恋愛相談もできますよ』

へぇ、と桜子はスマホをタップして、イベントのページを開く。

真矢の言う通り、匿名での参加もできるうえ、個人情報を占星術師には伝えない配慮もしているという。これも時代だ、と桜子はしみじみ思う。

「本当にお兄に相談できるわけだ」

しかし当然ながら生年月日と生まれた時間だけは、占星術師に伝えられるようだ。

「生年月日と生まれた時間って……」

これでバレちゃうじゃん、と苦笑して、スマホをテーブルの上に置いた。

8

「ねぇ、高屋、今度、『ルナノート』でオンラインイベントをするんだよね？」

目の前に座る桜子が、思い出したようにそう言った。

今は、『船岡山珈琲店』で桜子に勉強を教えているところだ。

店内はそれなりに人が入っていて、マスターも柊も忙しそうだ。

ああ、と高屋は顔を上げて、桜子と視線を合わせた。

「公式サイトを見たんだ？」

「それも見たけど真矢さんがメールをくれて……お兄が引き受けたのが意外だったよ」

「僕もだ。オンラインで顔を一部隠しているなら、問題ないと言っていたよ」

「無名のお兄が講師役で、参加者は集まってるの？」

今は募集を開始して五日目。定員は百名を予定している。

「週末の時点で四十人くらいだ」

「まあまあな感じ？」

「ああ、締め切りまで時間があるし、まずまずといったところかな」

「初めてのオンラインイベントだし、様子見って人も多そうだね。参加者はみんな、恋愛相談を希望しているの？」

「全員ではないが、結構な人が相談を希望しているようだ」

「みんなが採用されるわけじゃないんだよね？」

「それはもちろん」

「どんな相談が寄せられているの？」

「三波さんが担当していて、僕はタッチしていないから相談内容は見ていないよ」

ふぅん、と桜子は相槌をうつ。

「君も興味が？」

高屋が問うと、桜子は首を捻《ひね》った。

「どうだろ。そもそも、声でバレそう」

「変声機能も使えるらしい」

「あ、そんなことまでできるんだ」

どうしようかな……、と桜子は洩らしたあと、しばし黙り込み、

「ちょっと店も混んできて落ち着かないから、自分の部屋で勉強してくる」

桜子はそう言って、そそくさと店を出て行った。

いきなりどうしたんだ？　と、高屋は首を捻る。

そんな不可解な行動をしていた桜子が、オンラインイベントに申し込んだのを知ったのは、週が明けた月曜日のことだった。


「高屋君、桜子ちゃんも申し込んでくれたよ」

と、三波に伝えられたのだ。

桜子君が？　と高屋は目を瞬かせた。

「うん。『神宮司桜子です。三波さんがご担当をされていると聞いて、参加を決意しました。お願いがありまして、お兄には絶対に素性を分からないようにしてください』って一文が添えられていたよ」

「恋の相談も？」

「記載されてた。ついに桜子ちゃんにも恋の季節が到来したんだねぇ」

と、三波は嬉しそうに言ったあと、高屋を横目で見て釘《くぎ》を刺す。

「高屋君は桜子ちゃんの知り合いだし、相談内容を知りたいって言っても、伝えられないからね」

私を信用してくれて参加してくれたわけだし、と三波は鼻息荒めに言う。

高屋は苦笑して、肩をすくめた。

「いや、別に知りたいわけでは……」

「えっ、そうなの？　気にならない？」

「特には……」

まったく気にならないかと言えば嘘だが、無理して知りたいとは思わない。

そうそう、と三波が思い出したように話す。

「イベントなんだけど、スタートが夜八時だし、柊君は『船岡山珈琲店』の店内から参加したいと言ってるのね」

そうですね、と高屋は答える。

これは、高屋も既に聞いていたことだ。

いつも自分がいる場所から発信できるというのも、柊が引き受ける要因の一つだったようだ。

「私も会社から配信するんだけど、高屋君は柊君の側《そば》でサポートをお願いしたいの」

「ええ、それはもちろん」

「そして、柿崎さんも付き添ってくれるって。柿崎さんはこれまでオンラインイベントを何度もしてきてるから、慣れてるみたいで」

「それは心強いです。参加者は何人まで増えました？」

「土日で結構申し込みが入って、今は八十五人かな。締め切りまでに定員達しそう。イベントは一時間半の予定だから、マックスで十二、三人くらいの相談しか乗れなそうなんだけどね」

「相談者の選出は、三波さんが？」

「ううん、柊君が決めるって。だから桜子ちゃんの相談が採用されるかは分からないのよね」

なるほど、と高屋は相槌をうつ。

贔屓《ひいき》がなくて良いのではないだろうか。

9

オンラインイベント当日。

『船岡山珈琲店』の扉には、『本日、夜の営業はお休みいたします』という札が扉に掛かっていたが、店内は明るい。

「大丈夫、ズレてない？」

柊は店のテーブル席に座り、黒いアイマスクのようなものをつけて、顔を上げた。

高屋は向かい側に腰を下ろし、ああ、とうなずく。

隣には柿崎がいた。会社のノートパソコンを開いて、大阪支社で作業している朽木と連絡を取り合っている。

柊の後ろには、桜子がいつものように仁王立ちしている。もうっ、と怒ったようにポケットから携帯用のヘアコームを出し、柊の髪を梳《と》かした。

「後ろがボサボサってなってるよ」

「えへへ、ありがと。サクちん」

柊は、自分の前に置いてあるノートパソコンに顔を近付けて、

「三波さん、真矢さん、俺の目ちゃんと見えなくなってますか？」

と、画面の向こうにいる二人に問いかけた。

大丈夫、と三波が親指を立てる。

『まったく見えないから』

桜子が腰に手を当て、呆れたように肩をすくめた。

「にしても、お兄、それ、ほとんどコスプレじゃん」

桜子の言葉を聞いて、真矢が、ああ、と手を打った。

『カカシ先生でしょう！』

真矢は少し前のアニメのキャラクターを出してきた。ちなみにそのキャラが隠しているのは目ではなく、口だった気がするのだが……。

高屋も画面越しに柊の姿を確認し、うん、とうなずいた。

「こうして、間近で接していると、柊君の目は透けて見えるけれど、画面を通したなら全然見えないよ」

「ほんと？　良かった」

「もう十分前ですね。既に参加者が続々入室していますよ」

柿崎は、画面に目を向けながら口を開く。

すると三波が、ああっ、と胸に手を当てた。

『なんだか、私の方が緊張しちゃう。最初の挨拶、とちらないようにしないと』

そう言って、三波は深呼吸をしていた。

『柊君、皆さん、どうぞ、よろしくお願いいたします』

と、真矢が声を掛け、はーい、と柊は片手を上げた。

「了解です。よろしくお願いいたします」

そうして、午後八時。

画面に音楽と共に、夜空のイラストが映し出される。

そこに、キラキラとした星が集まり、『占星術師・柊先生のオンライン星読み恋愛相談会』という文字が画面に出る。

こうした挿入映像の操作は、主に朽木が行っている。

画面にコーナーワイプが表示され、真矢、三波の顔が映った。

『皆様、お待たせしました。耕書出版の真矢です。今宵《こよい》は特別企画、「ルナノート」のアドバイザーである占星術師、柊先生が星読み恋愛相談を行います』

三波は息を呑《の》んでから、口を開く。

『今宵、司会を務めさせていただきます、同じく耕書出版の三波です。夏号の特集、「5ハウスで観るあなたの恋愛の傾向」に先駆けて、「5ハウスの星座」から、皆様の恋の悩みを紐解《ひもと》いていきます』

あらためて話を聞きながら、思えばこれは無謀なのでは、と高屋は眉を寄せる。

出生図・全体を見てアドバイスするならさておき、5ハウスの星座だけで伝えていくのは難しい話だろう。

『それでは、柊先生、よろしくお願いいたします』

三波の言葉を受けて、柿崎がパソコンを操作する。

柊の顔が画面いっぱいに表示された。

金髪に黒いアイマスクをした顔立ちの整った男の姿は占星術師というより、コスプレイヤーにしか見えない。

このやりとりを支社で確認している朽木は、きっと笑っていそうだ。

『はじめまして、こんばんは。去年から「ルナノート」のアドバイザーをつとめている柊です。今日はがんばって皆さんの相談に乗りたいと思ってますので、よろしくお願いしまーす』

柊は、にこっ、と口角を上げて、会釈をする。

まったく緊張していない様子に、強張《こわば》っていた高屋も気が緩みそうになった。

『では、最初の相談者は、ハンドルネーム「メリー」さんです』

と、三波が言うと、コーナーワイプが表示された。

そこに羊のイラストが映っている。

柊がにこりと笑って訊ねた。

「こんばんは、メリーさんの恋の悩みとは？」

『あの、私はよく一目惚《ひとめぼ》れから恋に落ちやすいんです。友達に「それは本当の恋じゃない」とか「少し軽薄だ」と言われてしまって落ち込むこともあるのですが、今回もまた一目惚れをしてしまいまして……一目惚れって良くないのでしょうか？』

メリーはしょんぼりした口調で訊ねる。

「良くないだなんて、全然」

と、柊は大きく手を横に振った。

「メリーさんの場合は『5ハウス・牡羊座』。そもそも一目惚れから恋が始まりやすいタイプの人なんです。だけど、たとえば古風な恋愛観を持つ『5ハウス・山羊座《やぎざ》』のような人から見たら、『軽薄』に感じてしまうかもなんだけど、それは、人それぞれ。あなたの恋愛の傾向として、何かのきっかけで一気に火が付きやすい。そして行動に出て、摑《つか》み取《と》る。それが自然なので『自分にとってこれが当たり前』と思って大丈夫ですよ」

『そうなんですね。良かった、ホッとしました。ありがとうございます』

明らかに、相談者の声が明るくなっている。

『では、次の相談者は、「スイーツ大好き」さんです』

今度は画面に、ショートケーキの写真が表示された。

『あの……私は恋愛に憧れて、恋をしたいと思っているんですが、どうにも積極的になれないんです。こんな自分を変えないと、出会いはないでしょうか？』

「『スイーツ大好き』さんは、『５ハウス・牡牛座』。さっきの牡羊座さんとは正反対で、そもそもマイペースなんですよね。なので、狩りに出るのに向いているわけではなく、自らが花になって惹きつける方が向いているんです」

『花になって、というと……？』

と、彼女は戸惑いの声を上げている。

「仕事でもプライベートでもどちらでも、『自分磨き』をイキイキがんばることで、自然と良い出会いが巡ってくる傾向にあるんです」

『自分磨きをがんばるだけで、恋愛に関することは何もしなくて良いんですか？』

彼女は、信じられなさそうに訊ねる。

「ううん、何もしなかったら、変わらないよ。『自分磨き』をしつつ、良い出会いを意識するのと、引き籠っていても何も起こらないので、自分が興味がある会合やイベント、つまり人が集まる場には行くようにしてみてください」

『あ……それなら、楽しくがんばれそうです。ありがとうございます』

と、『スイーツ大好き』は、嬉しそうに礼を言って、ワイプを閉じた。

次の相談者は、『5ハウス・双子座』だった。

どうやら柊は、十二星座の中から一人ずつピックアップしていったようだ。双子座、蟹座《かにざ》、獅子座《ししざ》、乙女座が終わり、次は天秤座の番だ。

『――それでは、次は「花子」さんです』

三波の言葉を合図に、新たなワイプが開いた。

『えっと、はじめまして、花子です。女子こ……学生です』

と、花子はぎこちなく挨拶をした。

彼女は、マーガレットのアイコンと、変声機能を使っていた。

「はい、花子さん、こんばんは。どんなお悩みですか？」

『ええと、同じ学校の男の子に、交際を申し込まれて、嬉しかったんですけど、好きかどうか分からないので、返事は保留にしてもらったんです』

どこかで聞いた話だ、と高屋は天井を仰ぐ。

『接していると、彼っていいかもしれないと思ったんです。見た目も悪くないし、喋《しゃべ》ってても楽しいし。とりあえず、デートに誘われて行ってきたんですが、なんだか、しっくりこなくて……』

「うん、しっくりこないって？」

『自分から誘っておいて、ちょっと遅刻してきたり……遅刻は仕方ないとしても、私が待っているのを見ても走ってくるわけでもなく。お昼前に約束していたので、私、すごくお腹がすいていたんですよ。それなのにそのまま映画に行くことになったから空腹もピークで。映画も相手がチケット取ってくれていたんで、選ぶ余地はなかったんですけど、「かもめ食堂」だったんです。大好きな映画です。好きすぎて、なんなら先週も配信で観たばかりの映画で。さらにあの映画って、食べ物が美味しそうで、終始お腹がすいていて……。映画が終わった後、カフェに寄ったんですけど、そこ軽食しかないから、食べても全然お腹いっぱいにならなくて……』

これは、桜子のような気がする。

どういうことだろう？　と、高屋は顔を上げて、店内を見回す。

先ほどまで店内にいた桜子の姿が、いつの間にか見えなくなっていた。

どうやらバックヤードからこっそり店を出ていたようだ。

疑惑は確信に変わり、高屋は笑いを堪《こら》える。

柊の顔を見ると、これまでと表情に変化はない。

『花子』の正体にまったく気付いていないようだ。

「そっかぁ、それは大変だったね。花子さんは『5ハウス・天秤座』。スマートで洗練された恋愛を求める傾向にあるんだけど、彼とのデートはスマートじゃなかったのかな？」

『えっと、一応はスマート風だったんですけど、私が求めてるのとは違って、なんだかモヤモヤしてしまったんです。なんていうか、ちゃんと聞いてほしかったんです。「お腹すいてない？」とか「映画は何がいい？」とか……だけど、それだけのことで相手を決め付けるのは間違っていますか？』

そうだねぇ、と柊は腕を組む。

「たぶん、『5ハウス・天秤座』だから、自分の中で『理想のスマートさ』があって、それと微妙に食い違っていたのかもしれないね。そして、モヤモヤの大きな原因は、自分を押し殺しちゃったことだと思うんだ」

桜子はハッとしたように、あっ、と言葉を洩らす。

『そうかもしれません……』

「だから今度は、ちゃんと自分の要望を伝えてみたらどうかな？」

ありがとうございます、と花子――桜子はしおらしく礼を言って、姿を消した。

天秤座を終え、次は蠍座《さそりざ》だ。

『ハンドルネーム、「黒ウサギ」さんです』

三波が紹介すると、パッ、とコーナーワイプが表示された。そこに黒ウサギのぬいぐるみが映っている。

よろしくお願いします、と黒ウサギは挨拶をした。

彼女も変声機能を使っている。

「では、黒ウサギさんの恋の悩みとは？」

はい、と黒ウサギは一拍置いて、話を始める。

『私はこれまで男性とお付き合いしたことがありませんでした。過去に好きになった人はいたんですが、友達に奪われたり、相手に嘘をつかれていたりと、酷《ひど》い思いばかりしていたんです。それが今年になって、初めて彼氏ができました。私とは釣り合いが取れないような良い人です』

うんうん、と柊は相槌をうつ。

「それはおめでとうございます」

『ありがとうございます。ただ、私、自分を制御できないんです』

「うん、どういうこと？」

『油断すると、「今どうしているの？」「今日は忙しい？」とメッセージを立て続けに送りそうになったり、仕事をしながら、ふと、「今頃彼は職場で他の女性と話しているんだろうな、そのままその人と恋が芽生えたらどうしよう！」と疑心暗鬼になったりしてしまうんです。もちろん、メッセージを大量に送りつけたりしないし、いちいち問い詰めたりしません。ですが、それを我慢している自分がつらいんです。仕事にも差し支えるくらいで、こんなことなら、この恋を手放した方が楽なんじゃないか――と、思ってしまうんです。そして、こんな自分はおかしいんじゃないかと……』

だんだん、黒ウサギの声がくぐもっていく。

もしかしたら、泣いているのかもしれない。

高屋は、頭の中で彼女の話をまとめた。

一言で言うと、『重い女』であり、『それを自覚し、制御しているので苦しい』という相談だ。重い自分に耐えられず、せっかく手に入れた恋すら手放そうかと考えてしまっている。

「黒ウサギさんは、『5ハウス・蠍座』なんだよね」

確認するように問うた柊に、黒ウサギは、はい、とか細く答える。

「そもそも『蠍座』というのは、『深求』の象徴で、たとえば仕事を暗示する6ハウスが蠍座だという人は、妥協せず徹底的に仕事をする傾向がある。高等学問なんかを表す9ハウスが蠍座だったら、深く学問を追究して学者になる人もいる」

彼女は、柊の言葉を黙って聞いていた。

「あなたの場合は、そんな蠍座が恋愛のハウスだから相手に入り込んでしまう傾向があるんだよね。『5ハウス・蠍座』は恋した相手と深くつながりたい願望が強くて、やや独占欲も強め。二人だけの世界を好みがちなんだ。だから、『こんな自分はおかしいんじゃないか？』なんて思うのをやめて、自分は『5ハウス・蠍座』だから、こういう恋愛の傾向なんだ、ってまずは一旦割り切ってみたらどうかな」

でも、と黒ウサギは躊躇いがちに言う。

『割り切ったところで、重いのは変わらないんですよね？』

「変わらないけど、自分を認めるだけで、とりあえずは楽になると思うよ」

そうでしょうか、と彼女は怪訝《けげん》そうに言う。

高屋も正直、同じ気持ちだった。

すると、『すみません』と、真矢のコーナーワイプが現れる。

『突然、すみません。実は私も「5ハウス・蠍座」なんです』

えっ、と高屋は驚いて、画面の向こうの真矢を見た。

『私は普段はドライな仕事人間なんですけど、いざ、恋愛となると随分愛が重い女になってしまって、それで失敗したこともあって、そんな自分を責めたりしたんです。

けど、ある日割り切ったんです。「愛が重いのは仕方ない。これが私だから」って……。もちろん、その後もいっぱい連絡したくなったり、不安になったりしますけど、「あー、私ってばまたはじまった。でも、これが恋してるってことなんだよね」とやり過ごせるようになりました。最後には好きな人の許に押しかけるようにして結婚したくらいで……。自分って重かったなぁ、と反省することもあったんですが、今、「５ハウス・蠍座」はそういう傾向という話を聞いて、楽になりました。なので、黒ウサギさんもきっと自分を認めたら、何かが変わると思います』

経験者の言葉は、彼女の胸に深く響いたようだ。

黒ウサギはしばし黙り込み、ややあってぽつりとつぶやく。

『本当にそうかもしれません。まずは、自分を認めてみるところからやってみます』

うんうん、と柊はうなずき、画面に顔を近付ける。

「そんな風に相手と深くつながりたい人は、真矢さんのようにいっそ一緒になっちゃったら気持ちが安定するかもですよ。パートナーが家に帰ってきてくれる事実が安心感につながるというか。結婚が難しかったら、とりあえず一緒に暮らしてみるとか」

ええっ!?　と黒ウサギが声を上ずらせ、早口でまくし立てる。

『い、一緒に暮らすなんてそんな！　あんな完璧な人と暮らしたら心臓が持たなそうですし、何より、彼が……そういうの求めていないと思うんですよね』

話しながら、語尾が小さくなっている。

本心は一緒に暮らしたいが、彼が嫌がるのでは、と心配しているのだろう。

高屋は、彼女の気持ちに寄り添って考えながら、ふと、『人の心の機微が分からない』と言った桜子の言葉を思い出した。

そんなことはない。自分は、こうして感じ取ることができているじゃないか、と人知れず、胸を張る。

黒ウサギの相談が終わり、五分間の休憩に入った。

ふぅ、と高屋が息をついていると、隣にいる柿崎の肩が小刻みに震えている。

不思議に思って横を見ると、柿崎の顔が真っ赤になっていた。

「柿崎さん、どうしました？」

「あ、いや、大丈夫です」

柿崎は口に手を当てて、オロオロと目を泳がせている。

柊は、にっ、と笑って、柿崎を見た。

「そういえば、相笠先生も『5ハウス・蠍座』だったから、もしかして、と思ったんじゃないかな」

えっ、と高屋は目を見開き、身を乗り出した。

「今の『黒ウサギ』さんは、相笠先生なのか？」

「さぁ、俺も相談者の本名は知らないから」

柊はしれっと言って、ミネラルウォーターを口に運んでいた。

柿崎はしばし黙り込み、ややあって顔を上げる。

「あの、柊君……お願いがあるんです」

心を決めたように続けられた柿崎の『お願い』に、柊は我が意を得たりとばかりに、満面の笑みを見せた。


五分間の休憩を終えて、再び相談が開始された。

射手座、山羊座、水瓶座《みずがめざ》、魚座でラストだ。

『5ハウス・魚座』の相談を終えたあと、柊が「あのね」と言う。

「もう一人、『5ハウス・魚座』の相談に乗れたらと思います。ここまで全員女性で、一人だけ男性の相談があったので採用させていただきました。ハンドルネーム『秋の果物』さんです」

そう言って柊は、柿崎に視線を移した。

柿崎は息を呑んで、パソコンを操作する。

画面に、柿の写真が表示された。

柿崎が柿の写真で、ハンドルネームが『秋の果物』とは、まんまではないか。

思わず変な声が出そうになり、高屋は口に手を当てる。

『あの、よろしくお願いいたします。実は占ってもらうこと自体、初めてで緊張しています』

柿崎は変声機能を使っていなかった。

良いのだろうか、と高屋はごくりと喉を鳴らした。

「よろしくお願いします。俺もこんなんだし緊張しなくても大丈夫ですよ。『秋の果物』さんの恋のお悩みはなんですか？」

『あ、はい。自分で言うのもなんですが、自分は学生の頃から出会いに困らなくて、それなりに交際経験があるのですが……』

有り体に言えば、モテてきたということだ。

それでも嫌味に聞こえないのは、柿崎の人徳だろうか。

そうだろうな、と同意する気持ちにしかならない。

ですが、と柿崎は続ける。

『いつも、最後にはフラれるんです』

「フラれてしまう原因は、あなた自身分かっているんですか？」

柊の問いに、はい、と柿崎はぎこちなく答えた。

『女々しいからだと思っています』

それは意外であり、高屋は驚いて柿崎を見た。

「女々しいかぁ……具体的にどんな感じで？」

『実のところ、自分ではよく分かっていなくて、いつも、「思っていたのと違った」とか「もっと男らしい人だと思っていた」と言われてしまうんです……今の彼女からも「少し距離を置きたい」と言われていまして、やはり女々しいせいなのかと。今回はそういう部分を出さないように気を付けてきたつもりなんですが』

ふむ、と柊は、手元にある資料に目を落とす。

「『秋の果物』さんは、『5ハウス・魚座』。恋愛の傾向は、『お互いの境界線がなくなるような蕩《とろ》ける恋愛がしたい。相手に委ねがちでロマンチスト。寂しがり屋』な傾向にあります。きっと、あなたの外見はとても男らしくてスマート。だけど恋をすると、うんと甘えてしまいたくなってしまうのではないでしょうか。そして今はそれを隠しているから、お相手と心の距離ができてしまっているとか」

『……あっ』

おそらく、図星だったのだろう。

柿崎の喉がごくりと鳴った。

「これまで皆さんにお伝えしたように、『秋の果物』さんも、まずは、そういった自分の恋愛の傾向を認めてあげてください。『自分は恋をするとこうなるんだ』って自覚をしたうえで、もう一度パートナーと向き合うと、何かが変わってくると思いますよ」

『……そうですね、ありがとうございます』

柿崎はしみじみと礼を言って、ワイプを閉じる。

それでは、と三波と真矢がワイプに姿を現した。

『柊先生の「5ハウスで観る恋愛相談」を終わらせていただきます』

『今回は、私まで飛び入りしてしまって失礼いたしました。柊先生、ご参加くださった皆様、本当にありがとうございました』

配信を終え、つながっているのは関係者だけになった。

『柊君、お疲れ様でした。すごい数のコメントが入ってますよ！』

と、三波が興奮気味に言う。

真矢も、うんうん、とうなずいた。

『この特集が掲載される夏号が楽しみって声も多かったですし、大成功でしたね』

おそらく三波も真矢も、『秋の果物』が柿崎だと気付いているだろうが、それについては何も触れていない。

その後、諸々《もろもろ》の確認をし、イベントは無事終わった。

柊は立ち上がって背筋を伸ばし、高屋は、ふぅ、と息をつく。

柿崎はというと、今さらながら恥ずかしくなったのか、額に手を当てていた。

すると、今まで少し離れたところで様子を見ていたマスターが、お疲れ様でした、と京檸檬ネードを運んできた。

「いやぁ、なかなか楽しかったですね。柊も良い感じに象徴的な人たちをピックアップしましたね。相談自体もコンパクトでしたし」

「うん、本当に。天秤座の人だけは、三波さんの推薦なんだけどね」

なるほど、三波の裏工作があったわけだ、と高屋は密《ひそ》かに思う。

それにしても、デートしながらずっと食べ物のことを考えていたとは、桜子らしい、と高屋は口に手を当てる。

噂をすれば影、桜子がバックヤードからコソコソと店内に入ってきて、しれっと柊の隣に腰を下ろした。

「あー、マスター、私も京檸檬ネード飲みたい。すっごく喉渇いてて」

「ああ、それなら、僕のを飲むといい。まだ口をつけていない」

と、高屋は、手つかずのグラスを桜子に差し出した。

桜子は、ありがと、とはにかんでグラスを受け取る。

ねぇ、と柊は柿崎に視線を送った。

「柿崎さんは、飛び入りしたこと後悔してる？」

そう言った柊に、桜子は弾かれたように顔を上げた。

桜子は自分の部屋で『花子』として参加した後、おそらくそのまま視聴していたのだろう。ここにいなかったので、最後の人物が柿崎であるのを知らなかったようだ。

柿崎は、いいえ、と首を横に振った。

「後悔してないです。口に出してすっきりしました」

そんな話をしていると、タクシーがやって来て、店の真ん前で停《と》まった。

誰だろう、と高屋が首を伸ばした瞬間、勢いよく店の扉が開き、相笠くりすが姿を現す。

「直也さん……」

相笠くりすは瞳を揺らしながら、柿崎の許に歩み寄る。

「理香《りか》……」

と、柿崎が驚きの表情を浮かべたまま、立ち上がった。

二人はしばし顔を見合わせたかと思うと、いそいそと店の外へと出て行った。

「えっ、どういうこと？」

相笠くりすと柿崎の姿がなくなるなり、桜子が前のめりになった。

「相笠先生の本名は、井上《いのうえ》理香というんだ」

桜子は舌打ちして、高屋を横目で睨んだ。

「別に、名前に驚いているわけじゃないの！」

側で話を聞いていた柊が、あはは、と笑った。

「実は、高屋君から相笠先生に声を掛けてもらったんだ。『オンラインイベントがあるので、良かったら参加してください』って」

「えっ、それじゃあ、相笠先生だと分かった上で、採用したってこと？」

「俺は参加者の本名は知らないから確証はなかったんだけど、黒ウサギさんを見て、『絶対、この人、相笠先生だ』とは思ったかな」

あー、と桜子は納得したように首を大きく縦に振る。

「参加者は生年月日を記入するもんね。お兄は本名は知らなくても、生年月日の情報は得ているから……」

並外れた記憶能力を持つ柊は生年月日（生まれた時刻を含め）を見ただけで、符合できるということだ。

「それはほとんど、確証を得ていたようなものじゃないか」

高屋はぽつりとつぶやいて、肩をすくめる。

相笠くりすは自分の愛の重さに悩み、いっそ恋愛から身を引こうとしていた。

柿崎はスマートな外見とは裏腹、恋をすると乙女のようになり、甘えたくなるため、それがゆえにフラれてきた。

今回はそんな自分を隠して交際していたものの、彼女から距離を取られ、また同じ理由でフラれつつあるのでは、と悩んでいたのだ。

「まぁ、ここだけの話に」

と、柊は口の前で人差し指を立てる。

もちろん、と高屋と桜子はうなずいた。

柊が、そうそう、と思い出したように言う。

「天秤座の子も可愛かったよね。まさに、花より団子って感じで」

その言葉に、ストローを使ってドリンクを飲んでいた桜子が、ごほっ、とむせる。

「団子といえば、俺、お腹すいたなぁ」

と、柊は席を立って、厨房へと向かった。

柊が離れたのを見計らって、高屋はそっと口を開く。

「君も生年月日で、柊君にバレているのでは？」

えっ、と桜子は目を見開いた。

「『花子』は君だろう？」

突っ込んで問うと、桜子の頬がみるみる赤くなる。

「……生年月日、『5ハウス・天秤座』だけは同じになるように設定して、他は微妙に変えたから」

なるほど、と高屋は納得した。それは、柊も気付かないだろう。

高屋は、再び桜子の相談を振り返り、笑いを堪えた。

小刻みに肩を震わせると、桜子が鬼の形相で睨んできたので、高屋は慌てて顔を背ける。

「高屋君、お待たせしました、あなたの分ですよ」

と、マスターが新たな京檸檬ネードを運んできた。

ありがとうございます、と高屋は会釈して、一口飲む。

「少し緊張していたから、心身に沁《し》みます」

高屋がしみじみ洩らすと、マスターは、ふふっと笑う。

「今回のイベント、高屋君は、興味深そうであったものの、『どこ吹く風』という感じでもありましたね」

マスターの言葉に、高屋は眉根を寄せる。

「そうでしょうか？」

「ええ、まるで知らない人種を見るような顔をしていましたよ」

言われてみれば、そうなのかもしれない。

マスターは窓の外に目を向けて、微笑んだ。

「高屋君も『5ハウス』を意識してみてはいかがでしょうか？」

「『5ハウス』を意識する？」

「はい、『5ハウス』は、恋愛、趣味、娯楽、創作、もしくは出産に子育てなど、個人の楽しみや喜びを表現することがテーマの、生活に彩りを与えてくれる部屋です。そこを無意識に使うよりも、意識して使う方が、より人生が輝くものです」

はぁ、と高屋はなんとなく相槌をうつ。

「たとえば、恋をしてみるとかどうでしょう。そうしたらこの京檸檬ネードの味わいが、より沁みると思いますよ」

マスターの言葉を聞いて、桜子がまたむせた。

「ちょっ、高屋が恋って」

失礼ですよ、とマスターが嗜《たしな》める。

「ああ、君に言われたくない」

花より団子じゃないか、という視線を送る高屋に、桜子は悔しそうに口を尖らせる。高屋は小さく笑いながら、京檸檬ネードをもう一口飲んだ。

「甘酸っぱい……」

この味わいが、より沁みるとはどういうことだろう？

恋愛は今のところ分からないが、自分の『５ハウス』か……。

高屋が窓の外に目を向けると、柿崎と相笠くりすが見詰め合い、嬉しそうに笑い合っていた。

柊的・5ハウスのサイン（星座）で観る恋愛の傾向

牡羊座	一目惚れから恋が始まりやすい。 恋のスイッチが入ると積極的に行動する。
牡牛座	穏やかな恋愛観の持ち主。一緒にいて 居心地の好《よ》さと安定が大切。一途《いちず》になりやすい。
双子座	楽しい会話ができることを求める。 恋人であり親友のような関係を持ちたい。
蟹　座	共感してもらえることが大切。 何気ない日常のシーンに幸せを感じたい。
獅子座	心の奥でドラマチックな恋愛を好み、周囲から 祝福されたいカップルになりたい願望を持つ。
乙女座	清潔感のある人を好む。クールな恋愛観の 持ち主だが、愛され願望は強い。尽くす面も。
天秤座	スマートで洗練された恋愛を求めている。 愛情表現はちゃんと伝えてほしい。見た目も重要。
蠍　座	恋した相手と深くつながりたい願望が強い。 やや独占欲が強め。二人だけの世界を好む。
射手座	自由でのびのびした恋愛観の持ち主。束縛や 重たいのは苦手な傾向。追われるより追いたい。 深い会話をしたい。
山羊座	古風な恋愛観の持ち主。 とても真面目な恋愛観を持つ。礼節を重んじる。 心を開いたら、温かい愛情で相手を包む。
水瓶座	独特の恋愛観の持ち主。相手に興味を持たないと 恋愛に発展しない。恋人というより、 対等のパートナーのような関係を求める。
魚　座	お互いの境界線がなくなるような蕩《とろ》ける恋愛が したい。相手に委ねがちで、ロマンチスト。寂しがり屋。

第二章　星座のルーラーと恋のケーキ

1

——六月下旬。

梅雨真《ま》っ只中《ただなか》であり、今日もしとしとと雨が降っている。

週末とはいえ、天気が悪いと客足も鈍くなるのは、世の常だ。

『船岡山』と小さな看板が掲げられていた銭湯をリノベーションしたノスタルジックな建物の中に入っている書店と珈琲店も例外ではなく、共に閑古鳥が鳴いていた。

こうなると、時間の進み方がいつもよりゆっくり感じられる。

朝十時に書店に入店し、二、三時間くらい仕事をした気分でいたのだが、まだ一時間も経っていなかった。

壁掛け時計を確認して、桜子は小さく息をつく。

桜子は今、祖母・京子が店長を務める『船岡山書店』で売り場づくりをしていた。客が少ないとはいえ、六月の書店は仕事が多い。

これから各出版社は夏のフェアを開催する。

いわゆる『夏の百冊』というものだ。

それに向けての販促物や対象本がわんさかと入荷してくるため、ここのように小さな店は場所の確保が大変だ。

毎年試行錯誤するのだが、最後には通常の棚に並べるのを諦め、テーブルを出して特設コーナーを作ることになる。

こうして小さな書店泣かせのフェアだが、古典の名作もちゃんとピックアップされているのは、良い試みだと桜子は思っていた。

桜子が特設コーナーをせっせと作っていると、若いパートの佐田《さた》智花が、ひょっこりと顔を見せた。

「桜子ちゃん、新刊出し終えたので、手伝いますよ」

「ありがとう。たくさんあるから助かる」

百冊ですもんね、と智花は笑って、テーブルの上に積み上げられている文庫本を手に取った。

「それにしても、もう夏の百冊が入荷されたんですねぇ」

「今のところ、春川《はるかわ》さんだけだけどね」

いち早く入荷しているのは、大手出版社・春川出版の文庫本だ。百冊に選出された本には、すべて黄色い帯が巻かれ、今人気のタレントの顔写真が載り、『今年の百冊は、アツい！』と赤字で書かれている。

目立ちますねぇ、と智花は帯を見ながら嬉しそうに言う。

「そういえば、桜子ちゃんの本も春川さんでしたよね？　もしかして百冊に選ばれていたり？」

智花はまったく嫌味なく、むしろ期待に満ちた顔を向ける。

桜子は、いやいやいや、と勢いよく首を横に振った。

「私なんて、まだまだ」

桜子は今年に入り、作家になる夢を叶《かな》えた。

WEB版『ルナノート』の投稿小説コーナーに掲載していた作品が、春川出版の編集者の目に留まり、書籍化したのだ。

有頂天だったのも束《つか》の間《ま》、本の売り上げが悪く、続編の話はなくなり、次回作のプロットも企画会議を通らず、桜子は振り出しに戻るを通り越して、地獄に突き落とされたような心持ちだった。

だが、高屋をはじめとした耕書出版の皆のおかげで、再びがんばろうと思い直し、今新たな作品を執筆し、それをＷＥＢに掲載しているところだ。

「またＷＥＢで一から出直す気持ちでいるくらいで」

「それじゃあ、更新がんばっているんですね？」

智花に突っ込んで問われて、桜子は小さく首を振った。

「最近までマメに更新してたんだけど、今、ちょっと休んでて」

「やっぱり、受験だからですか？」

「ううん、執筆自体は勉強の合間にしてるんだよね。ＷＥＢには載せてないだけ」

どうしてですか？　と智花が小首を傾げる。

「今書いている作品、自分の中では結構良い出来だと自負してててね。だから完結まで公開しちゃったら、『いつ書籍化の話が来るんだろう？』って、勝手に期待してソワソワしたり落胆したりって、メンタルが大変なことになりそうで……完結させるのは受験が終わってからって思ってるの」

そっかぁ、と智花は納得したように洩らす。

桜子はコーナーに本を並べながら、ふと、手を止めて時計に目を向けた。

「十一時半……」

「桜子ちゃん、さっきから時計ばかり見てません？」

「うん、午後から出かける用事があって」

出かけるまで部屋で勉強をしようと思ったのだが、まったく集中できなかったため、気晴らしを兼ねて店に入ったのだ。が、ここでも集中力は途切れがちだ。

外に目を向けると、今も小雨《こさめ》が降っている。

パッとしない天気は、まるで今の自分の心情を表しているようだ。

「浮かない顔して、なんやねん。彼氏と上手《うま》くいってへんの？」

レジ前で作業をしている京子がさらりと訊ねる。突拍子のない言葉を受けて、桜子は弾かれたように振り返った。

「かかかか彼氏って、なんのこと？」

「彼氏、できたんとちゃうの？」

「ええっ、桜子ちゃん、彼氏できたんですか？」

と、智花が聞き捨てならないと身を乗り出す。

「二人とも店の中で何を……」

咄嗟に店内を見回すも、今は客の姿はない。

桜子は肩の力を抜いた。

「っていうか、どうして私に彼氏ができたって思ったの？」

「最近、そわそわしてたり、鏡の前にいる時間が長《なが》なってるさかい、彼氏ができたんやて思うたんやけど……今日かて、彼氏とデートちゃうのん？」

さすが祖母は鋭い、と桜子は顔を強張らせる。

「彼氏は、できてない」

でも……、と桜子は続ける。

「うるさいからお兄にはナイショにしてほしいんだけど、同学年の男の子に告白されたの。返事は保留にしてもらってて、今は彼のことを知るための期間なんだ。それで、お祖母《ばあ》ちゃんの言う通り、午後から出かけるのはその人となんだけど……」

わぁ、と智花が目を輝かせた。

「『返事は保留』とか、『相手を知るためにデート』とか……、青春っぽくて良いですねぇ」

彼女はまだ二十代ながらも既に結婚しているためか、まるで遥《はる》か昔に想いを馳《は》せるようにうっとりと手を組む。

一方京子は、孫の恋愛話に目くじらを立てるでも、顔を綻ばせるでもなく、いたって冷静な表情だ。

「そない曖昧な状態やから、あんたもパッとしない顔をしてるのん？」

「パッとしない顔って……」

桜子は自分の頬に手を当てた。

「たしかに今、モヤモヤしてるんだけど、それは須賀君……告白してくれた男の子は関係なくて。今は男が信じられない気持ちなの」

「男が信じられない？」

京子と智花は、声を揃えて訊き返す。

「そう。男性不信……ううん、それを通り越して人間不信になりそう」

「さ、桜子ちゃん、誰にそんなひどいことをされたの？」

「ひどいことされたわけじゃないんだけど……なんていうか……」

桜子は、ぐっ、と拳を握り締める。

「私、もう高屋が信じられない！」

京子と智花はぽかんと顔を見合わせる。

その後にうなずき合って、何事もなかったように仕事に戻った。

桜子は前のめりになる。

「どうして、スルーなの？」

「あ、うん。桜子ちゃんと高屋君、最近は少し仲良くなった感じはするけど、基本的によくぶつかり合っているから……」

「最近は高屋君に勉強教えてもらってるみたいやし、そん時にまたしょうもないことで喧嘩《けんか》したんやろ？」

二人はどうせいつものことか、と関心を失っていた。

「違うの、聞いて」

桜子は声を張り上げて、二人の前に立ちはだかり、

「高屋ってば、信じられないんだから！」

と、あの日の衝撃的な出来事を話し始めた。

＊

——それは、五日前。

柊のオンラインイベントを終えたばかりの、月曜の夜のことだ。

桜子は『船岡山珈琲店』で、高屋に勉強を教えてもらっていた。

「ああ、こうすればいいんだね。ようやく理解できた」

その夜も雨であり、『船岡山珈琲店』の店内はいつもより客が少なかった。

おかげで勉強も捗《はかど》り、桜子は問題集を見下ろしながら、完璧、と熱い息をつく。

「それは良かった」

高屋は、桜子の向かい側で満悦の表情でコーヒーを口に運んでいた。

なんだ、そのドヤ顔。

と、桜子は毒づきたかったが、教えてもらっている身だからとそれを呑み込んだ。

高屋は約束通り勉強を見てくれるようになった。拘束時間は長くはなく、高屋が帰宅して、『船岡山珈琲店』で夕食を摂《と》ったあと、約一時間ほどだ。

てっきり高屋は出来の悪い者を鼻で嗤《わら》ったり、わざとらしくため息をついたりするタイプかと思えば、そうではなかった。とはいえ、時おり、『そんなことも分からないのか』という目を隠しきれていなかったけれど、それはこれまで何遍も見てきた表情だ。

もう慣れているため、思ったよりも腹は立たなかった。

怒りが湧かなかったので、憎しみへと変化する心配はなさそうだ。

高屋は分かりやすく、そして理解が遅くても、根気も良く説明してくれる。

「さすが、元東大生だね」

桜子が素直に感心して言うと、それまで浮かべていたドヤ顔がなくなり、高屋は、ばつが悪そうに顔をしかめた。

高屋は、褒めるたびに苦虫を噛んだような顔をする。

最初は照れ隠しだろうと踏んでいたが、どうやらそうではないようだ。

そういえば、高屋は東大出身であるのを自ら人に伝えておらず、むしろ伏せていた節もある。知られたくなかったのだろうか？

「もしかして、『さすが、元東大生』って言われるの嫌だったり？」

桜子が問うと、高屋は弱ったような表情で小首を傾げる。

「今まで意識したことはないが、あらためて考えると、たしかに居心地の悪い気持ちになるからそうなのかもしれないな」

「どうして、そんな気持ちに？」

突っ込んで訊くと、高屋は、うーん、と唸って、少し考え込む。

「……東大に行くまで東大は勉学を励みに励んだ者たちだけがつどう、選ばれし真面目な集団だと思っていたんだ」

桜子も同じ印象を持っていたため、無言で同意した。

「けれど、いざ進学すると、そうではなかったんだよ。あくまで僕個人の感想だが、東大には三種類の人間が存在する」

と、高屋は三本指を出した。

三種類、と桜子は復唱する。

「一つは、僕のように凡才ながらも勉強をがんばった人間だ。そういう者は、周囲に『勉強しか取り柄がない』と囁かれがちだ」

桜子は、ふむ、と洩らして、次の言葉を待つ。

「二つ目は、そもそもの頭の出来が違う人間だ。情報処理能力がとにかく凄《すさ》まじく、短時間の勉強で、恐ろしいほど知識を吸収して、結果を出す」

話を聞きながら、桜子は、ああ、と苦笑する。

「いるねぇ、超絶要領のいいタイプ……」

時々、部活に精を出しながら、勉強もトップクラスという人がいる。

『一体、いつ勉強してるんだよ』という周囲の言葉を、笑ってかわしているタイプが目に浮かんだ。並外れた記憶力を持つ柊も実はそのタイプだ。柊が勉強に本腰を入れて挑んだなら、難関大学も楽々入学できる可能性がある。

「で、最後のタイプは？」

「生まれ育った環境が、凡人とは別次元の人たちだ」

言っている意味が分からず、別次元？　と桜子は訊き返す。

「そう。親が外交官だったり、官僚だったり、医者一家だったり。物心ついた時から、英才教育を受けている。他国語を操れるのは普通のことで、すぐ側にエリートがいて勉強を教えてくれる。彼らはそうした恵まれた環境下でのびのび学力を伸ばし、楽々と東大に入学してくるんだ。ゼミの中にも三波さんのようなお洒落な女子学生がいたんだ。彼女は、『本当はケンブリッジに行きたかったけど、昔気質のパパが自分の母校に進学してほしいって聞かなくて、仕方なくここに来たの』と言っていたよ」

「うわ、たしかに、別次元の話……」

おそらく高屋は自分と同じようなタイプの人間に出会えるに違いないと意気揚々と東大に進学した。しかし、大学で出会ったのは、そもそも頭の構造が違っているハイスペック人間やハイソな家で育ち、神輿《みこし》に担がれて東大にやってきた学生たち。そんな人種を目の当たりにして、自分はなんて凡人なんだ、と打ちひしがれたのだろう。

それなのに、一歩外に出ると、『凄《すご》い凄い』と持《も》て囃《はや》される。

そのたびに肩身の狭い思いをしてきたのかもしれない。

それにしても……。

「がんばって入った大学なのに、別世界のお嬢様に『仕方なく』なんて言われちゃ、複雑な気持ちになるよね」

桜子がしみじみ言うと、高屋は小さく笑った。

「なに？」

「まさか、君に慰められるとは」

「慰めたつもりはないけどね」

これ以上、この話題を引きずらない方がよさそうだ。

それはそうと、と桜子は話を変えた。

「家庭教師のお礼に私も何か相談に乗るよ？　恋バナとかないの？」

高屋はまるで嫌な提案を受けたかのように顔をしかめた。

「結構だ。君も色々、忙しそうだし」

色々は、須賀との恋愛云々《うんぬん》を指しているのだろう。

「……まぁ、その、恋の方はお兄のアドバイスに従って自分から誘ってみたんだよね。今度の土曜日に出かけることになった。しっかり向き合ってこようと思ってる」

特に聞かれていないが、桜子は自分への決意表明も兼ねて、口にした。

高屋はまたチベットスナギツネ顔になっている。

まったく興味がないのだろう。

なんだその顔は、と桜子がぶすっとしていると、柊が店の外に出て、置き看板を片付け始めている。

「あれ、もう閉店準備なんだね」

桜子が言うと、高屋は時計に目を向けた。

「七時半か……今日は随分、中途半端な時間に店を閉めるんだな」

この店の営業時間、休業日はすべてマスターの気まぐれだ。

夜七時に閉店の日もあれば、夜十一時過ぎまで営業している日もあるのだが、七時半という中途半端な時間に閉店するのは、珍しかった。

「まぁ、雨だし、お客さんもほとんどいなかったしね」

柊が『CLOSED』の札を扉に掛けているのを見ながら、しみじみ洩らす。

「二人とも、お疲れ様です」

厨房からマスターが出てきた。

トレイに載せたケーキとコーヒーを、どうぞ、とテーブルの上に並べる。

「試食してください。新作スイーツの『檸檬ケーキ』なんです」

マスターはにこりと目を細め、胸に手を当てた。

『檸檬ケーキ』の器はレモンの皮を使っている。上部には生クリームと、薄く切ったレモンを数枚重ねて、花の形を作っている。

最後に上からキラキラと光る金色の粉がまぶされていた。

「わっ、綺麗。これ、もしかして金粉？」

『檸檬ケーキ』に顔を近付けて問う桜子に、ええ、とマスターが答える。

「少しですが、金粉を振りかけました」

高屋と桜子はおしぼりで手を拭い、いただきます、とフォークを持つ。

檸檬ケーキの底はレモンゼリー、その上にレアチーズケーキ、さらに生クリームと三層になっている。天辺の薄切りのレモンは、砂糖漬けだ。

甘さと酸味が混ざり合うことで、互いを引き立て合っている。

「えっ、これ、爽やかですごく美味しい！」

桜子は目を輝かせて顔を上げると、高屋も、うん、と強くうなずいている。

「これは、満足度が高い。素晴らしいです」

高屋と桜子が感激の声を上げると、ありがとうございます、とマスターは嬉しそうに目尻を下げた。

「これから、本格的な夏が来ますし、爽やかなレモンを主役に、『恋』をイメージしたケーキにしました」

「これも大人気、間違いなしだね」

それはねぇ、と閉店作業を終えた柊が歩み寄り、

「もうすぐ雑誌の取材が入るから、マスターも張り切って作ったんだよねぇ」

と、金粉を振りかけるジェスチャーをした。

「もうすぐって、今日これから？」

「そう。八時過ぎに。だから今日は七時半で閉店させてもらったんだ」

へぇ、と桜子は洩らす。

「そっか、この花と金粉は雑誌ウケ狙い……」

マスターは、いえいえ、と慌てたように言う。

「ウケ狙いだなんて、そんな違いますよ。ただ、せっかく取り上げていただけるなら華やかな方が良いかと……」

何も違わないのでは……、と高屋は小声で洩らしたあと、マスターを見た。

「ちなみに、その雑誌とは？」

高屋の編集部にも『お洒落メシ』という飲食店を取り扱う雑誌があり、一度ここ、

『船岡山珈琲店』も取り上げている。やはり気になるのだろう。

「『行路画報《こうろがほう》』ですよ」

ふふっ、とマスターは得意げに微笑む。

『行路画報』は、講洋社《こうようしゃ》という大手出版社から刊行されている。美しい写真と共に、ラグジュアリーな旅の提案をしている四季報だった。他の雑誌よりも大きめで、ずっしりと重い雑誌のため、入荷日は『腰に気を付けて』が合言葉になっている。価格も高めであり、セレブの読み物というイメージがあった。

「えっ、『行路画報』が、うちなんか取り上げてくれるの？」

信じられない、と桜子が続けると、もう、と柊が腕を組む。

「うちなんかって、サクちんは失礼だなぁ。うちはこれまで数々の雑誌に取り上げられてきたんだけど？」

「いや、お兄は『行路画報』を知らないからそう言うんだよ。あの雑誌は、セレブやセレブに憧れる人に向けたラグジュアリー四季報なんだから」

そりゃ金粉も振りかけるわ、と桜子は洩らし、首を伸ばして書店の方を見た。

「たしか、お祖母ちゃんも、『行路画報』の大ファンだよね？」

そうなんです、とマスターは強く相槌をうった。

「ですので、取材を夜八時にお願いしたんですよ。京子さんも店の仕事を終えたら、すぐに来ると言っていました」

書店の閉店は夜七時だが、閉店後、細々とした仕事があるのだ。

そんな話をしていると、京子が姿を現した。

桜子は、おっ、と声を上げる。

「『噂をすれば影』、お祖母ちゃんだ」

「『行路画報』さん、もう来たやろか」

と、京子は、手で髪を撫《な》でつけながら店内を見回した。

「いえ、まだですよ」

マスターの言葉を聞いて、京子はホッと胸に手を当てた。

「間に合《お》うて良かった」

「お祖母ちゃん、どうして『行路画報』がうちに来てくれることに？」

「『ノスタルジー』の特集をするって話や」

この店は昔ながらの銭湯をリノベーションしているため、ノスタルジックな気分を味わえると客からの評判も良い。

「そういうことかぁ。ようやく納得した」

「だから、サクちん、さっきから微妙に失礼だからね」

「ごめんごめん。楽しみだねぇ」

と、桜子は扉を振り返る。

人影を見付けて、あっ、と声を上げた。

来たみたいだよ、と言おうとした瞬間、チリン、とドアベルが鳴った。

「こんばんは、『行路画報』です」

そう言って頭を下げたのは、三十代半ばの男性だ。

その背後で、モデルのように綺麗な女性が「お邪魔します」と頭を下げる。

最後に大きなカメラを持った四十代の男性が入ってきて、どうも、と会釈した。

「神宮司さん、今日はよろしくお願いいたします。講洋社『行路画報』を担当している高橋《たかはし》と申します」

男性編集者がそう言って名刺を差し出す。続いて、女性も名刺を出した。

「私は、城崎《じょうざき》と申します」

『行路画報』は基本的にモデルを使わず、ホテルならば支配人や、寿司店《すしてん》では職人の写真を撮る。

おそらく彼女はモデルではなく編集者だろう、と桜子は思う。

予想は当たり、その後の挨拶でもらった彼女の名刺には『行路画報　講洋社　城崎薫子《かおるこ》』と書かれていた。

マスターと京子は名刺を受け取り、嬉しそうに頭を下げた。

「こちらこそ、よろしくお願いいたします」

「『行路画報』さんのファンやさかい、光栄です」

「そう言っていただけて、こちらこそ光栄です。まずは、店内を見せていただいても良いですか？」

「もちろんです」

マスターと京子と共に店内をくまなく見てまわる。

その間、城崎薫子は、ボイスレコーダーやノートなどをバッグから出していた。

『薫子』という名に、桜子は少し親近感を覚えた。

桜子はこれまでの人生、自己紹介をするたびに、『桜だけでいいような。子は余計ではないか』という目で見られてきた。

ちなみに直接言われたわけではなく、あくまで桜子の勝手な妄想なのだが、名前を伝えるたびに、皆、同じ表情をするから間違いないだろう。

そして、彼女——薫子も、おそらく自分と同じように思われてきたのではないだろうか。

事実、桜子は、彼女の名前を見て、『薫』だけでいいのでは？　と自分の名を棚に上げて、思ってしまったからだ。

誤解のないように補足するが、桜子は自分の名前を気に入っている。四文字もあってまどろっこしいが、桜子という名は、高貴な雰囲気があると誇りに感じていた。

それはそうと、彼女は高屋と同じくらいの年齢だろうか？

ふと、高屋の方に視線を向けると、彼は大きく目を見開いていた。

薫子も驚いたように高屋を見ている。

一拍置いて薫子は、うそ、と口に手を当てた。

「もしかして、高屋君？」

高屋は戸惑ったように腰を上げる。

「あ、ああ、城崎さん、お久しぶり」

「やっぱり高屋君だ。どうしてここに？　たしか耕書出版に行ったんだよね？」

「あ、いや、今は大阪支社で、ここの二階で下宿をしていて――」

「そうなんだ。私は講洋社なの」

「そうみたいだな」

そんな二人の様子を前に、桜子はぽかんとした。

「えっ、お二人は知り合いだったんですか？」

ああ、と高屋は弱ったように言う。

「またも『噂をすれば影』で、彼女は同じ大学のゼミの仲間だったんだ……」

うん？　と薫子は小首を傾げた。

「『噂をすれば影』って？」

「あ……いや、今、ちょうど大学時代の話をしていたんだよ」

その言葉に、桜子はピンときた。

「もしかして、さっき話していた人？」

すかさず小声で訊ねると、高屋は微《かす》かにうなずいた。

まさしく、『噂をすれば影』。彼女こそ東大にいた高屋とは別次元の人間——、『仕方なくここに来たの』と言っていたお嬢様だったのだ。

たしかにこんな華やかな人が東大にいて、その上『仕方なくここに来た』等と言われたら、高屋のプライドは木っ端みじんになったに違いない。

ご愁傷様、と桜子は、心の中で合掌する。

すると薫子は、ふふっ、と悪戯《いたずら》っぽく笑った。

「実は、高屋君は私の元カレです。なんて」

はっ？　と桜子は目と口を大きく開け、近くにいた柊は聞き逃さずに振り返った。

「そうだったんだ、それはちょっとびっくりかも」

柊は意外そうに高屋と薫子の顔を交互に見る。

高屋は少し困ったように目をそらしただけで、何も言わなかった。

一方の薫子は、柊の顔をジッと見て、あっ、と口に手を当てて、顔を近付ける。

「もしかして、『ルナノート』の柊先生……ですか？」

柊はぎょっと目を見開いた。

「えっ、どうして、俺のこと？」

「私、『ルナノート』のＷＥＢ版が好きで、この前のオンラインイベントも参加させていただいたんです。柊先生、目は隠されていましたけど、声に喋り方、雰囲気はそのままでしたから……」

そうだったんだ、と柊は笑う。

「結局、会ってしまえばバレバレなんだねぇ」

「柊先生は、キャラクター性が強いですもんね。私、あのイベントで鑑定を希望したんですが落選だったんですよ。残念でしたけど、とっても楽しかったです」

薫子は両手を組んで、にこりと微笑む。

「それは良かったぁ」

「あの、私、また京都に来る予定なんですけど、星のお話とかお伺いできますか？」

「あ、うん。もちろん」

柊と薫子がそんな話をしていると彼女の先輩編集者が肩をすくめて言った。

「城崎、そろそろいいか？」

「あっ、すみません」

薫子は、高屋と柊に会釈をし、ボイスレコーダーの用意を始め、先輩編集者と共にマスターの許へ向かった。

「新作のスイーツは、『檸檬ケーキ』なんです。夏ということで、『恋』をイメージして作りました」

マスターは、檸檬ケーキを出して説明する。

「これは、とても美しいですね。『恋』をイメージしたというのは、どういう部分を？」

「我々にとっては、レモンのように眩《まぶ》しい、過去の記憶なんですが……」

と、マスターは、いつも以上に紳士然としてインタビューに答えていた。

その様子を少し離れたところから眺めながら、柊はふふっと笑った。

「それにしても、高屋君にも歴史アリだねぇ」

桜子は、高屋がなんて答えるのか、と息を呑んで注目した。

だが、高屋はそれについて何も言わず、小さく息を吐き出しただけだった。

否定しないんかい？　と桜子は声に出さずに思う。

その後も取材は続いていたが、まったく頭に入ってこなかった。

＊

「――信じられないでしょう？」

桜子は、月曜日の夜の出来事を一気に話し、大きく息をついた。

「お祖母ちゃんとお祖父《じい》ちゃんは、編集さんと打ち合わせをしていたから聞こえなかったと思うんだけど、こういうやりとりがあったの」

京子は、へぇ、と洩らして、首を傾げる。

「それの何があかんのや？」

「ええ、ほんとに」

そう返した二人に、桜子は「ふぇ？」と声を裏返す。

「二人とも驚かないの？　あの実年齢＝彼女いない歴みたいな堅物の高屋誠がだよ？　あんなハイスペック女子が元カノだなんて」

京子と智花は、顔を見合わせた。

「そやけど、高屋君は、なかなか男前やで」

あっ、と智花は分かったように手を打つ。

「もしかして、桜子ちゃん、高屋君の元カノさんが才色兼備だったから、ショックを受けちゃったってことですか？」

まさかっ、と桜子はフライパンの上の豆のように反応した。

「そんなわけっ」

「そやけど、それで男性不信いうんは……大袈裟て言うか、大きなお世話やろ」

だーっ、と桜子は目を剝く。

「そうじゃないの。たしかに高屋に彼女がいたことは驚いたし、なんだか騙《だま》されたような気分になったんだけど、問題はその後！」

その後？　と智花が訊き返す。

「撮影が終わって、『行路画報』の皆さんが帰り支度をしている時なんだけどね、私、どうしても信じられなかったから、薫子さんに聞いてみたの。『さっきの話……高屋が元カレって、本当なんですか？』って」

京子と智花はようやく興味を引かれたようで、真摯な表情で相槌をうつ。

「そうしたら、彼女、こう言ったのよ」

『――えっ？　あ、うん。本当です。私から交際を申し込んで付き合ったんですけど、まぁ、すぐに別れてしまって』

で、と桜子は話を続ける。

「私、つい突っ込んで訊いちゃって。『やっぱり、真面目すぎる高屋に嫌気がさして、すぐ別れたんですか？』って。そうしたら薫子さん、こう言ったのよ」

『ううん、そうじゃなくて私がフラれたの。「君と僕とでは価値観が違う」って、言われてしまって』

「――って、信じられる？」

と、桜子は鼻息を荒くしながら口を開く。

「あんなハイスペック女子から交際を申し込まれて、さらに付き合っておきながら、自分から速攻で振るなんて！」

高屋のくせに！　と拳を握る桜子を前に、智花は、まあまあ、と苦笑した。

「桜子ちゃんも、そんなジャイアンみたいなことを言わないでください。高屋君にも色々あったんですよ」

「そやな、それで男性不信って、それこそ大きなお世話やろ」

桜子はまだまだ出したかった高屋への罵詈雑言を呑み込んだ。

二人の言葉は正論だ。しかし、何も分かってない、と桜子は顔をしかめる。

かつての高屋は並々ならぬ努力をして東大に入学した。だが、その門を潜ったことで、高屋は自分がいかに井《い》の中の蛙《かわず》であったかを知ったのだ。

『仕方なくここに来た』と言ったお嬢様・城崎薫子に対して、憤りを感じた可能性だってある。

そんなある日、高屋は自分のメンタルを木っ端みじんにした張本人――薫子から告白をされた。

その時点で、高屋と彼女では住む世界も価値観も違うなんてことは、容易に想像がついたはず。

それなのに高屋は交際を了承し、そして、すぐに彼女を振ったのだ。

これは、プライドを傷つけられた高屋の、八つ当たりに近い身勝手な復讐《ふくしゅう》と言っても良いのではないか？

——そんな人だとは思わなかった。

高屋はたしかに真面目一辺倒で気難しく、頑固でプライドも高い。だけど人の気持ちを利用し、傷付けて、自尊心を満たすような人間だなんて……。

『面倒くさい男だけど、いい奴だ』と認め始めていたのだ。

「だから、男性不信で、人間不信なんだけどな……」

桜子はもう一度、分かってない、と小声で囁く。

「それはそうと桜子ちゃん、午後から出かけるなら、そろそろ準備をした方がいいかと……」

「ほんまやな」

二人の言葉に、桜子は弾かれたように壁掛け時計に目を向けた。

「あっ、ごめんなさい。私、もう上がらせてもらいます」

いってらっしゃい、と京子と智花が手を振る。

「それにしても、桜子ちゃんがあんなに怒るって、なんだかヤキモチみたいですね」

「みたいやなくて、ヤキモチやろ」

京子と智花のそんな不本意な言葉が背中に届き、強く反論したかったが、今はそれどころではなかったため、奥歯を噛みしめながらバックヤードへ入った。

2

桜子が二回目のデートに選んだ場所は京都水族館だった。

雨の多いこの季節、天候に左右されないところが良いだろうと、屋内施設に決めた。

京都水族館は、京都駅から徒歩で十五分ほど。

梅小路《うめこうじ》公園という大きな公園の中にある。

最寄りは、ＪＲ山陰本線の梅小路京都西駅で、そこからだと徒歩約七分だという。

地下鉄北大路駅で須賀と待ち合わせて一緒に京都水族館へ向かうことにしたのだが、それは、失敗だったかもしれない。

桜子は地下鉄の車両の中で、小さく息をつく。

車内は比較的すいていて、桜子は須賀とシートに並んで座っていた。

須賀は今回も少しだけ遅れてきて、前回同様、悪びれずにいた。

もし、また遅刻して来るようだったら、『そういうのは好きではない』という気持ちを伝えようと思っていたのだが、遅刻はたったの三分。

注意をするには、微妙すぎる時間だったため、やめておいた。

言いたかった言葉を呑み込んだせいか、胸の中はモヤモヤし、会話も弾まず、移動中の今、微妙に気まずい空気が流れている。

こんなことなら、待ち合わせを京都水族館の入口にしておけば良かった。

ちらりと須賀を見ると、彼はスマホに目を落としていた。

どうやら、電子書籍を読んでいるようだ。

桜子の視線に気付いて、少し顔を上げる。

「桜子は、水族館好きなの？」

「え、まあ、普通に……魚とか見ていて癒《いや》されるし。でも、京都水族館へは一度しか行ったことがないんだけど」

そう答えると、須賀は小さく笑う。

「そうなんだ。こんな天気の悪い日にわざわざ梅小路公園の方を指定したから、すごく好きなんだと思った」

小馬鹿にしたように言われて、桜子の頬が引《ひ》き攣《つ》った。

「えっと、雨だから屋内で楽しめるところが良いかと思って」

「へぇ、そういうの、ちゃんと考えてくれたんだ」

須賀は桜子の顔を覗き込むように見て、ありがと、と微笑む。

ううん、と桜子は、そっと首を横に振った。

なんだろう。

どうにも、こういう彼の部分に、少しだけカチンとくるのだ。

桜子がまた黙り込むと、そういえば、と須賀が訊ねた。

「桜子の誕生日っていつ？」

「四月五日だよ」

「あ、終わっちゃってるんだ」

残念、と須賀は洩らす。

「須賀君の誕生日は？」

「七月八日」

「……生まれた時間とか分かる？」

「正午らしいよ。なんで？」

「えっと、私、占星術とか好きで、須賀君のネイ……ホロスコープ、観てもいい？」

桜子は、ネイタルチャートと言いかけて、ホロスコープと言い直した。多くの人は、ネイタルチャートという言葉に馴染《なじ》みがないからだ。

「もちろんいいよ」

ありがと、と桜子は答えて、スマホを操作する。

「えっ、今すぐ分かるんだ？」

「うん、無料アプリがあるから」

須賀は、表看板、社会に向ける顔を示す太陽星座は、蟹座。

人当たりが良く、家庭的で甘え上手。

内面を暗示する月の星座は、獅子座。

気持ちは大らかだが、プライドは高い。

金星の星座は、男性の場合、好きな女性のタイプを暗示する。

そんな金星も、獅子座だった。

獅子座は、その名の通り、堂々としていて華やかさを表す。

つまり、須賀はそういった女性を好みがちということだ。

桜子は、獅子座っぽい人か、と洩らす。

そういえば、須賀は先生に意見を伝えていた桜子の姿を見て、好感を持ったと言っていた。あの時の桜子の姿から、獅子性を感じたのかもしれない。

彼の恋愛の傾向を表す5ハウスは、水瓶座。

独特の恋愛観の持ち主だ。相手に興味を持たないと恋愛に発展しない。

恋人というより、対等のパートナーのような関係を求めるタイプ。

なるほど、須賀っぽいのかもしれない。

「何か分かった？」

と、須賀に顔を覗かれて、桜子は我に返った。

「ええと、須賀君は、太陽の星座が、蟹座っていう家の中を暗示する星座で、内面を示す月の星座が、リーダーシップを暗示する獅子座なんだよね」

この二つの星座は、正反対の性質を持っているといっても過言ではない。

外に見せているのは内向的な星座で、内面は、外交的な星座なのだ。

「――だから、須賀君は割と内弁慶なんじゃないかな」

そう言うと、須賀は虚を衝《つ》かれたように目を見開いた。

「え、すご」

「当たってた？」

須賀は強く首を縦に振る。

「今はマシになったけど、元々すげぇ人見知りで……しっかり仲良くなったら自分出せるんだけど、それまでは無口でさ。よく、『内弁慶』って身内に言われていたんだ」

「そうだったんだ」

「桜子、マジ凄くない？」

いやいや、と桜子は苦笑して、首を横に振る。

今は太陽と月の星座から、さらっと観ただけのことだ。

「いやぁ、占星術とか全然興味なかったけど、こうして言い当てられると気になってくるなぁ」

「うん、占星術って面白いよ」

「他に分かることある？」

「アセンダントっていう持って生まれた力みたいなのは、天秤座だから、須賀君は、ごく自然に人に対して平等に接するって暗示が出てるよ」

へえぇ、と須賀は感心の声を上げる。

そうして、最初は微妙な空気だったけれど、その後のデートは持ち直した。

京都水族館も楽しかった。ペンギンが空を飛ぶように泳ぐ様子は美しく、イルカのショーは見応えがあり、くらげの浮遊や、砂からにょろりと顔を出しているチンアナゴの姿には癒された。

また、京都水族館では、オオサンショウウオの魅力を伝える取り組みをしていて、いたるところにオオサンショウウオのぬいぐるみが置かれている。

スーベニアショップでは、ぬいぐるみを前に二人で結構盛り上がった。

「なぜ、オオサンショウウオ？　って最初は思ったけど、こうして見ていると、ぬいぐるみ、すごく可愛いね」

「このポーチとか、つい欲しくなるよな」

「そうそう、腰につけて、スマホ入れにしたいよね」

「ってか、実際、このポーチにスマホ入るのかな？」

「私のスマホは小ぶりだから入りそう。須賀君のは大きめだからきついかもね」

「あっ、ちょうど見本があった」

と、須賀はポーチの見本を手にし、自分のスマホを入れようとする。

だが、やはり大きくて入らない。

やっぱ駄目かぁ、とスマホを抜いた瞬間、須賀は手を滑らせて、スマホを落とした。

大変、と桜子は咄嗟に手を出し、スマホが床に落ちる前にキャッチする。

「おお、桜子、すごい反射神経」

「たまたまだよ」

どうぞ、と須賀に向かってスマホを差し出す。

須賀はスマホを受け取ろうとして、一瞬動きを止めた。

ふと、彼のスマホの画面を見ると、電子書籍の表紙が表示されている。

『モテる男の裏技 ～これを読めば彼女を振り回す男になれる～』

須賀は即座に桜子の手からスマホを奪うように取り上げた。

桜子が驚いて須賀を見ると、彼の顔は真っ赤になっている。

桜子が何も言えずにいると、

「あ……ごめん。用事思い出したから」

居たたまれなくなったのか、須賀はもう一度、ごめん、と言って、桜子から逃げるように走り去っていった。

桜子は呆然《ぼうぜん》と立ち尽くし、見えなくなっていく須賀の後ろ姿を眺める。

彼の内面を示す月の星座は、誇り高き獅子座だ。

恋愛マニュアル本を読んでいたのを知られて、プライドに傷がついたのだろう。

さて、どうしよう、と桜子は腕を組む。

このまま一人で水族館を見てまわることも考えたが、そんな気分にはなれなかった。

「私も帰ろうかな……」

桜子は、せっかくだから、とショップでオオサンショウウオのポーチを購入して、京都水族館を後にした。

3

「ただいまー」

桜子は囁くように言って、『船岡山書店』に足を踏み入れた。

カウンターの中の京子は、おや、と目を瞬かせる。

「ご飯食べてくると思うてたんやけど、えらい早いんやな」

「うん、まぁ」

智花はもう帰宅したようで姿はない。

店内には、少し客の姿があった。雨を凌《しの》ぐように、立ち読みをしている人が多い。

桜子は立ち読み客に対して、厳しい目を向けがちだが、京子は寛容だった。

そういうのも含めて本屋さんやねん、と京子は言う。

たしかに冒頭を読まなければ、その本のことが分からない。そう思えば立ち読みも仕方ないのかもしれない。

「そういえば、あの本、うちにもあるのかな？」

桜子はビジネス書や自己啓発本のコーナーまで行き、例の本『モテる男の裏技』を探す。

「あっ、これだ」

『モテる男の裏技』は新書だった。

著者は人気動画配信者であり、桜子は知らなかったが、界隈《かいわい》ではそれなりに話題を呼んでいるようだ。

これこそ、立ち読みで済ませたい本だ。しかし、自分は仮にも立ち読みに目くじらを立てがちな書店の人間。気になった本は購入するべきだろう。

「それにしても、買いにくいタイトルだなぁ」

桜子は、『本は絶対に紙が良い』派だが、この本に限っては須賀が電子書籍で購入した気持ちが分かる。

仕方ない、と桜子は『モテる男の裏技』を手に取り、レジへと持っていき、

「これ、小説の資料に買うの。バイト代から引いておいて」

と言い訳がましく京子に伝える。

京子は、はいはい、と帳簿に付けて、顔を上げた。

「カバー、つけよか？」

「お願いします」

了解、と京子は新書サイズにあらかじめ切ってある包装紙を出し、手早くカバーをつけていく。その手さばきは、熟練の技だ。

「お祖母ちゃんのカバーつけは、いつ見ても惚《ほ》れ惚《ぼ》れするねぇ」

「ああ、本当に」

「おおきに、桜子、高屋君」

できた、と京子は桜子に本を差し出す。

「ありがとう。って、えっ、高屋？」

桜子が驚いて振り返ると、すぐ後ろに高屋が並んでいた。いつものように文庫を手にしている。

「高屋、いつの間に？」

「少し前から」

「あ、そうなんだ……」

と気が抜けたように答えたあと、急に薫子との大学時代のエピソードを思い出して、桜子は険しい表情になる。

そんな桜子を前に、高屋は眉間に皺を寄せた。

「この前から君は、僕を見るたびに夜叉《やしゃ》のような顔をするけれど、なんだろう？」

「なんだろうって……」

桜子が言葉を濁らせると、京子がぽつりと零す。

「薫子さんのこととちゃう？」

「ちょっ、お祖母ちゃん！」

桜子は目を剝いて、前のめりになった。

「城崎さん？」

「いや、違うからね」

「彼女だったら今、『船岡山珈琲店』に来ているが？」

えっ、と桜子は高屋を振り返る。

「なんで？　高屋に会いに？」

そう問うと、高屋は顔をしかめた。

「いや、柊君に相談があるそうで……」

そういえば、彼女は柊に星について聞きたいと言っていたのだ。

「私も挨拶したいから、珈琲店に行ってくる」

高屋の言葉が終わる前に桜子はその場を離れて、珈琲店へと向かった。

4

『船岡山珈琲店』に入る。こちらは客がまばらで、店は暇そうだ。

薫子は、奥のテーブルにいた。

柊と向かい合って座っている。

彼女は、新作『檸檬ケーキ』を食べながら、たまらない、と目を細めている。

「甘酸っぱくて爽やかで、本当に美味しいです。撮影の時にこのケーキを試食させてもらってから、もう一度食べたくて食べたくて」

「そんなに気に入ってもらえて良かった」

と、柊は嬉しそうに微笑んでいる。

「マスターは『恋をイメージ』していると仰《おつしや》ってましたが、甘くて酸っぱくて、時にほろ苦くて……。まさに恋の味だと思いました」

「さすが、編集者さんだねぇ」

感心する柊に、薫子は、いえいえ、とはにかんだ。

恋の味か、と桜子は天井を仰ぐ。

今日のデートを味覚に譬えると、どんな感じだろう？

一部楽しかったが、甘さがあったわけではない。

時々、須賀の対応に引っかかりを覚えたり、ぽかんとしたり……。

酸っぱさとほろ苦さしかなかった気がする。

思えばそれは、レモンとして正しい味の表現なのかもしれないけれど……。

急にレモンの酸っぱさが口の中に蘇るような感じがして、桜子は頭を振る。

気を取り直して、桜子は二人がいるテーブルに顔を出した。

「薫子さん、いらっしゃいませ」

「あっ、桜子ちゃん」

「お兄に星の相談に来てくださったんですよね？」

「そうなんです。イベントがとても楽しかったので」

「実は、私も占星術を学んでいまして、お兄は兄弟子《あにでし》なんです。良かったら私も同席させていただいてもよろしいでしょうか？」

桜子がかしこまって訊ねると、薫子は「もちろんです」と答える。

薫子は紅茶を一口飲んでから、本題に入った。

「あの時のオンラインイベントでは、『5ハウスの星座で分かる恋愛の傾向』について丁寧に教えてくれていましたよね。本当に興味深かったです。ですが、私は欲張りなので、さらに知りたくなったんですよ」

「さらにっていうと？」

と柊が小首を傾げる。

「自分の恋愛の傾向が分かりました。それでは、その後、どう行動したら、実を結びやすいんだろうと思いまして」

彼女の質問に、桜子は回答に迷ったが、柊は即座に答える。

「つまり、『5ハウスの星座で分かる恋のアクション』ってことだよね？」

そうです、と薫子は強くうなずく。

「ちなみに、薫子さんの5ハウスは何座なんですか？」

「水瓶座です」

桜子は、あっ、と出しそうになった声を呑み込んだ。

須賀も『5ハウス・水瓶座』だったのだ。

その恋愛の傾向は、『独特の恋愛観の持ち主。相手に興味を持たないと恋愛に発展しない。恋人というより、対等のパートナーのような関係を求める』というものだ。

薫子は、あの、と上体を乗り出して訊ねた。

「私のような『5ハウス・水瓶座』の場合、どうアクションすれば、恋が成就するでしょうか？」

あはは、と柊は少し弱ったように笑う。

「恋が成就するかどうかは、神のみぞ知るなんだけど」

と、柊は前置きをしてから、話を続ける。

「恋愛に限らず、何か行動を起こす場合は、『その人らしいアクション』をするのが一番だと思うんだよね」

はい、と薫子は真剣に相槌をうつ。

「自分らしく最善のアクションをするにはどうすれば良いのか。それには、星座のルーラーを見るといいんだよね」

「ルーラー？」

と、薫子が目を凝らすようにして訊ねる。

「日本語では『支配星』と呼ばれているんだけど、星座にはそれぞれ、管轄している星があるんだ。

前に高屋君にも同じ説明をしたんだけど、ホロスコープにおける星座って、ハリー・ポッターの寮みたいなものなんだよね」

と、柊はまさしく高屋に話したのと同じように、薫子に説明をした。

牡羊座寮、牡牛座寮、双子座寮――そして魚座寮まで、十二の寮があると。

「その寮には、統括している先生がいるんだ。それが、太陽、月、水星、金星、火星、木星、土星、天王星、海王星、冥王星っていう十人の先生」

それじゃあ、と薫子は眉を顰《ひそ》めた。

「寮は十二室に対して、先生は十人ってことですか？」

「うん、そういうこと。だから、先生は二つくらい掛け持ちしてるんだよね。そして、天王星・海王星・冥王星、この三人の先生は、最早《もはや》、理事長クラスのビッグな方々。すごく力はあるんだけど、基本的に海外とかに行っちゃってるから、他の先生が副担任としてもサポートしてるんだ」

こんな感じで……、と柊は紙に、星座とルーラーを走り書きした。

（火）牡羊座寮　火星先生
（地）牡牛座寮　金星先生
（風）双子座寮　水星先生
（水）蟹　座寮　月　先生
（火）獅子座寮　太陽先生
（地）乙女座寮　水星先生
（風）天秤座寮　金星先生
（水）蠍　座寮　冥王星先生（副担・火星先生）
（火）射手座寮　木星先生
（地）山羊座寮　土星先生
（風）水瓶座寮　天王星先生（副担・土星先生）
（水）魚　座寮　海王星先生（副担・木星先生）

薫子はメモを見て、星座の上に記された（　）に指を置いた。

「この、（火）とか（地）というのは？」

「十二室の寮はさらに大きく分けると四つの属性になるんだよね。魔法学校だとするなら、『火の魔法』、『地の魔法』、『風の魔法』、『水の魔法』と、それぞれ寮によって、得意な魔法がある感じかな」

『火の魔法』が得意な寮は、牡羊座、獅子座、射手座。

『地の魔法』が得意な寮は、牡牛座、乙女座、山羊座。

『風の魔法』が得意な寮は、双子座、天秤座、水瓶座。

『水の魔法』が得意な寮は、蟹座、蠍座、魚座。

柊のコミカルな譬えが面白かったようで、薫子は頰を緩ませる。

「で、自分がどうアクションを起こしたら良いかは、まず、ハウスの星座をチェックする。薫子さんの場合は恋愛だから、５ハウスの星座を――」

「水瓶座、ですね」

そうだね、と柊はうなずく。

「薫子さんの恋愛の傾向は、水瓶座寮。どうアクションしたら良いかは、寮の先生に相談するのがいいんだ」

「私の場合、先生は天王星で、副担が土星ですね」

そうだね、と柊は、『(風)水瓶座寮　天王星先生(副担・土星先生)』と書かれている行に、指を置いた。

「さっきも言った通り、天王星・海王星・冥王星の御三方はいつも海外にいる理事長クラスのビッグな方々だから、『恋愛』っていう超個人的な相談には、あんまり乗ってくれないんだ。だから身近にいる土星先生に相談するといいんだよ」

薫子は、ふふっと笑った。

「なんて、相談を？」

「『土星先生、私、好きな人がいるんです。どう行動したらよいですか？』ってね」

と、柊は女性の真似《まね》をしながら言ったかと思うと、次は厳格な教官のように眉間に皺を寄せて、口を開く。

「『――ふむ、基本的にエキセントリックな天王星先生が統括している水瓶座寮の君は、周囲の人たちに〈自由すぎる恋愛観を持っている人だ〉と思われている可能性がある。もし、恋愛の成就を願うならば、わたし、土星のモットーを意識して行動すると良いだろう』」

柊はそう言った後、桜子を肘で突く。

桜子は、仕方なく柊の寸劇に付き合うことにした。

「……ええと、『土星先生、土星のモットーってなんですか？』」

「『よく聞いた。それは、〈誠意ある対応で、相手の信頼を得ながら、じっくり恋を進めていくこと〉だな。では、成功を祈る』テクテクテクテク」

最後のテクテクは歩き去る足音を表現しているようだ。厳格な土星先生を表現するならば、テクテクよりもカツンカツンの方が合っている気がするのだが。

それでも桜子は、柊に付き合って『土星先生！』と片手を伸ばした。

というわけで、と柊は茶番……もとい、寸劇を終えて、薫子の方を向く。

「『5ハウス・水瓶座』の薫子さんは、『誠意ある対応で相手の信頼を得ながら、じっくり恋を進めていくこと』で、良い方向にいきやすいんだよ」

薫子は、うつむいていた。肩が小刻みに震えている。

きっと、しょうもない寸劇に笑っているのだろう。

しかし、そうではなく、薫子は涙を流していた。

「薫子さん？」

ごめんなさい、と薫子は口に手を当てる。

「ちょっと……刺さってしまいまして。すみません、少しだけ一人にしてもらっても良いですか？」

柊と桜子は戸惑いながらも、もちろん、と腰を上げた。

本当にすみません、と薫子は息をつき、気持ちを落ち着かせるように、紅茶を口に運んでいた。

柊がカウンターの中に入ったので、桜子はカウンター前の椅子に腰を下ろす。

マスターは、端の席の客と談笑していた。

「……薫子さん、何か恋愛でつらい出来事があったのかな」

桜子は小声でつぶやく。

「そうかもしれないね」

「もしかして、この前、ここで高屋と再会したから、高屋に傷付けられた時の過去を思い出したとか」

口にしたことで、またも高屋への怒りが桜子の中に湧き上がり、自然と険しい表情になった。

「サクちん、すごい顔してるよ」

「お兄は、高屋を酷いと思わない？　告白を了承しておきながら価値観がどうのって速攻で振るなんて」

うーん、と柊はグラスを磨き始めながら、天井を仰いだ。

「事情があったんじゃないかな？」

「私は、高屋が自分の自尊心を満たすためにやったとしか思えない。正直、そんな人だと思わなかったよ」

　柊は、やれやれ、と肩を下げて、グラスを置いた。

「実はさ、そのことなんだけど、俺も気になって、突っ込んで訊いてみたんだ」

「高屋に？」

「うん。さっきも言った通り、高屋君には高屋君の事情があったみたいだよ」

「……どんな事情？」

「俺の口からはここまでしか話せない。気になるならサクちんも本人に訊いてみたら？」

　そんなこと訊けるわけがない、と桜子は頰杖を突いた。

「そもそも高屋は、お兄だから答えたんだと思う。私には言ってくれないよ」

　そうかなぁ、と柊は鷹揚に答える。

「高屋君、サクちんが自分に対して、何か怒ってるんじゃないかって気にしてたよ？」

「…………」

「自分の中にモヤモヤしたものがあるなら、ちゃんと聞いて確かめてみなよ。同じ屋根の下、生活している仲間なんだしさ、対話をするって大事だよ。高屋君だって誤解されたまま、きつい態度を取られてしまうのは嫌なんじゃないかな」

柊の言葉はもっともだ。

勝手に決めつけて、一方的に失望し、怒っていたのだ。

もし、自分が同じようにされたら、一言伝えてほしいと思うだろう。

「分かった」

桜子は、ゆっくりと椅子から下りて、店の扉を開ける。

外に出ると、夕暮れ空が広がっていた。元銭湯の建物がオレンジ色に反射している。桜子は眩しさに目を細めながら建物裏手にある『玄武寮』の入口へと向かうと、ちょうど高屋が郵便受けの前に立っていて、郵便物の確認をしていた。

「高屋！」

郵便受けを覗いていた高屋は、驚いたようにこちらを見た。

桜子は小走りで高屋の前まで歩み寄り、あのさ、と声を掛ける。

「高屋に対して、勝手にモヤモヤしてることがあるんだけど、聞いてもいいかな」

高屋は、ああ、とうなずく。

「君が僕に怒っているのは感じていたよ。僕は、君に何かしたかな？」

桜子は首を横に振る。

「高屋は何もしてない。さっきも言った通り、私が勝手にモヤモヤしているだけなんだけど」

桜子は一拍置いてから、高屋を見た。

「薫子さんの告白を受けておきながら、すぐに振ったのはどうして？」

想像もしていなかった質問だったようで、高屋は大きく目を見開いた。

「そんなのは、君に関係ないだろう」

うん、と桜子はうなずく。

「もちろん、私には関係ない。自分でもそう思ってたから聞けなかったの。けどね、彼女との価値観の違いなんて、付き合う前から分かっていたはずなのに、告白を受けておいて、すぐに振るってさ。まるで復讐みたいじゃない？」

「復讐？」

「高屋が死に物狂いで入った大学を、薫子さんは『仕方なく』入ったなんて言ってたんでしょう？　高屋のプライドは傷付いたはずだよね」

高屋は何も言わなかった。桜子はそのまま話を続ける。

「でっ、その後に、そんな薫子さんから告白されたわけでさ。高屋はあえて了承したうえで、すぐに振ってやろうと思ってやったことじゃないかって」

高屋は弱ったように、頭に手を当てた。

「違う、そういうわけじゃない」

「それじゃあ、本当に付き合ってから、価値観が違うって思ったってこと?」

高屋は少しの間、黙り込んだ。

ややあって大きく息をつき、目をそらしながら話し始める。

「……彼女に告白されて当時の僕はすごく驚いたよ。誰かに告白されたのは初めての経験だったし、何より彼女は富裕層の家に生まれた才色兼備。周囲から羨望の眼差しを向けられている存在だった。自分とは別世界の人間だと思っていたから、あの時は素直に舞い上がったよ」

桜子は黙って、次の言葉を待った。

「だが、告白されてすぐに彼女と友人たちの会話を立ち聞きしてしまったんだ」

「立ち聞き……」

ざわっと嫌な予感がして、桜子は無意識に険しい表情になる。

「友人たちはこう言っていた。『やったね、薫子。賭けに勝ったね』と――」

え……、と桜子は目を大きく見開いた。

「彼女は、友人同士のゲームで、僕に告白してきたことが分かった。もしかしたら、罰ゲームだったのかもしれないな。すぐに振られる展開になるのは目に見えていた。だから、それならせめてもの抵抗で、僕から言ったんだ」

真相を聞き終えて、桜子は何も言えず、立ち尽くしていた。

もし、と桜子は思う。

その時の高屋と同じ目に遭ったら、自分はどうするのだろう？

たとえば、須賀の告白が、友達同士の賭けだったとしたら……。

耐えられない、と桜子の体がぶるりと震えた。

目頭が熱く、鼻がツンと痺《しび》れてきて、気が付くと目から涙が零《こぼ》れ落《お》ちていた。

突然泣き出した桜子を前にして、高屋は戸惑ったようだ。

「どうしたんだ？」

「……ごめん、ごめんなさい、高屋」

「何を謝る？」

「勝手に判断して、誤解して、その上、そんなつらい過去を話させてしまって」

昔の話だよ、と高屋は苦笑した。

「僕は僕で、先にこちらから先手を打ったことで、とっくに溜飲《りゅういん》は下がっている」

ううん、と桜子は首を横に振る。

「でも、言いたくなかったよね。それを言わせてしまって、人の心に土足で踏み込むような真似をして、本当にごめんなさい」

申し訳なさが募って、涙が止まらず、胸が痛い。

桜子は嗚咽《おえつ》を洩らしながら、深く頭を下げた。

ふぅ、と高屋は息をつき、桜子の頭に手を乗せた。

「そうやって謝ってくれたなら、もうそれでいい。そして、これからは夜叉のように睨まないでほしい」

高屋は、よしよし、と桜子の頭を撫でて、建物の中へと入っていった。

桜子はその場に留まり、俯《うつむ》いたままだった。

もう、涙は引っ込んでいた。

代わりに、頬が発火するように熱くなっている。

「ちょっ、高屋がよしよしって……」

桜子は、そっと自分の頭に手を乗せる。

真相が分かった今、つい薫子に一言もの申したくなる。

だが、それはさすがにアウトだろう。これ以上、踏み込むわけにはいかない。

新たなモヤモヤを抱えながら、桜子は踵を返して『船岡山珈琲店』に戻った。

薫子がいるテーブルに目を向けると、既に彼女の気持ちは落ち着いたようで、再び柊と向かい合って座っていた。

桜子は、柊の隣に腰を下ろし、しれっと訊ねる。

「薫子さん、大丈夫ですか？」

「ええ、急に泣いたりして、ごめんなさい」

薫子は恥ずかしそうに、カップの中に目を落とした。

「さっきの柊さんの言葉……土星先生のアドバイスが、刺さってしまって」

柊が伝えた土星先生のアドバイスは、『誠意ある対応で相手の信頼を得ながら、じっくり恋を進めていくこと』というものだ。

誠意か、と桜子は少しだけ口を尖らせる。

友達同士の賭けで高屋のような真面目な青年に告白するなんて言語道断。誠意とは程遠い、人の気持ちを無視した行為である。

もしかしたら、そんなふうに人の心を傷付けた過去を思い出したのだろうか？

薫子は、ひとつ息をついて、話し始めた。

「振り返れば私、恋愛を勝ち負けのように考えているところがあって、『誠意ある対応』なんて、思ってもいなかったんです」

「恋愛で賭けをしたりとか？」

間髪を容《い》れずにそう訊ねたのは、桜子ではなく、柊だった。

桜子が驚いて横を見ると、柊は柔らかく微笑んでいる。

一見優しい笑顔だったが、柊が内側に怒りを抱えているのが桜子には伝わってきた。

飄々《ひょうひょう》としていた柊も、実は彼女に対して、思うことがあったようだ。

えっ？　と薫子は小首を傾げる。

「高屋君への告白は、友人同士の賭けだったとか。高屋君はそのことを知ってあなたに別れを告げたみたいですよ」

「賭け？」

薫子は、何を言っているのか分からないという様子で、不思議そうにしている。

彼女の表情を見て、桜子の胸に怒りが湧き上がってきた。

傷付けた側は、こんなふうに無責任に忘れるものだ。

あの、と桜子が口を開きそうになった瞬間、あっ、と薫子はようやく思い出したように口に手を当てた。

「いえ、その、それは、違うんです」

違う？　と桜子と柊が声を揃えた。

「高屋君って、少し私の父に似ているんですよ。真面目で頑固で昔気質で……。実は私、ファザコンの気があって、父と似ている高屋君を好きになったんです」

それで、と薫子は話を続ける。

「高屋君に告白するつもりだと友達に伝えたら、友人の一人は『あんな堅物、薫子みたいなタイプを受け入れないよ』と言い、他の友人が『いやいや、薫子なら大丈夫』と言って、友人同士で賭けみたいになったんです。でも、それに私は関与していなくて……。ですので、私は友達同士の賭けで、高屋君に告白したわけじゃないんです」

桜子と柊は、ぽかんと口を開けた。

「そうだったんですか？」

はい、と薫子はうなずく。

「私、高屋君にすぐにフラれてしまったから、やっぱり私みたいなタイプは駄目だったのかなって、当時は落ち込んだんです……実は初めての失恋でしたし」

薫子は遠くを見るような目をして、そうだったんだぁ、と息をついた。

「あの時、……高屋君に友人同士の会話を聞かれてしまってたんですね。それは誤解されて、フラれても仕方ないですよね……」

薫子側の真相を知り、桜子は苦々しい気持ちになって、目を伏せる。

二人が上手くいかなかったのは、些細《ささい》な誤解が原因で、どちらかが悪いというわけではなかった。

双方の話を伺ってみなければ、本当のことは分からない。

高屋も別れを言う前に、確認を取っていたならば、誤解は解けていたかもしれないのに……。

柊が言ったように、対話をするというのは、本当に大切だ。

「あの……真相が分かった今、高屋とよりを戻したりとかは？」

桜子がそっと訊ねると、いえいえ、と薫子は首を横に振る。

「今の私には他に好きな人がいるんです。この前、一緒にここに来た先輩の高橋なんですけど」

ああ、と桜子は思い返す。

薫子に対して、少しぶっきらぼうな三十代半ばの編集者だった。

「今にして思うと、恋愛を勝ち負けのように捉え始めたのは、高屋君にフラれてからなんです。あれから失恋するのが怖くなってしまって、こちらからは告白せず、相手に告白させるように仕向けていました。そして相手から告白してもらったら、『勝ち』だと思っていまして」

　当時の誤解は、薫子にも傷を残していたようだ。

「そんな調子でこれまでの恋愛は上手くいっていたんですが、今の好きな人――先輩にはちっとも効かなくて、心が折れかけていたんです……そんな時だったので、アドバイスが胸に沁みました。誠意とか、考えたことがなかったなって」

「『誠意ある対応で相手の信用を得よう』だしねぇ」

「はい、これからは心掛けます。ここに来られて本当に良かったです。ありがとうございました」

「それは良かった」

　柊は嬉しそうに目を細める。

　そして、と薫子が胸に手を当てた。

「今回、高屋君にフラれた原因が分かったのも良かったです。ようやく、腑に落ちました。どうして、あんなに早くフラれたんだろう。価値観を知り得るほど長く一緒にいなかったのに……って、時々負のループに入っていたので。もしかしたら、『檸檬』の感想を求められて、ちゃんと答えられなかったからなのかなって、当時はモヤモヤしていました」

それはそうだろう。

誰かに告白して、ＯＫをもらい舞い上がっている時に『君と僕では価値観が違う』などと言われてフラれたら、『どういうこと？』と、モヤモヤしてしまいそうだ、と桜子は共感した。

だが、よく分からない言葉もあった。

「『檸檬』の感想って？」

「梶井基次郎の小説の『檸檬』。高屋君は、『あの作品の檸檬だが、結局のところ彼にとってどんな存在だったと思う？』と聞かれたことがあったんです。私は、『憧れとか光かな』と答えたんだけど、その回答が駄目だったのかな、なんて」

桜子は、ああ、と頬を引きつらせる。

小説『檸檬』の解釈で別れを告げるなんてあるわけがない、と言いたいところだが、高屋ならばありえそうだから笑えない。

あの、と柊が少し前のめりになった。

「薫子さんの真相ですが、俺から高屋君に伝えておいていいですか？　少なからず、彼の心の傷になっていたと思うし」

「あ……はい、よろしくお願いいたします」

と、薫子は頭を下げた。

5

様々なモヤモヤが解消した一日だったが、桜子の中にはもう一つだけ、モヤモヤが残っていた。

須賀のことだ。

「この本を読めば、何か分かるのかな」

と、桜子はベッドに横たわり、問題の新書『モテる男の裏技　～これを読めば彼女を振り回す男になれる～』のページを開く。

『――女にモテるために、自分は彼女に尽くしてきた。

だが、いつも最後にはフラれてしまった。

そんな男も多いだろう。

女は結局、振り回せる男よりも、振り回してくれる男の方にのめり込むもの。

簡単になびく男は、飽きられるのも早いのだ』

そんな書き出しで、『モテる男の裏技』はスタートしていた。

「…………」

色々、反論したいが、一理あるとは思った。

自分はどうか分からないが、世の中には男に振り回されたいタイプの女性も多い。

ホストに貢ぐ女性が良い例だろう。

『一、告白は自分からしよう。

告白もしてこない男に偉そうな態度を取られた場合、大抵の女性の心は、シャットアウトする。だが、「自分に告白してきた男」はその時点で意識される対象だ。返事はあえて急がせず、「考えといて」と余裕のあるところを見せよう。そして、ここからがポイントだ。告白後に、すぐに尻尾を振るような真似はおすすめしない。あえて少し冷たいくらいの態度を取る。そうすることで、彼女は「どうして？」と戸惑うものだ』

桜子は複雑な心境で、読み進める。

『二、いきなり、呼び捨てにする。

反射的に、拒否反応をするかもしれない。それでも気にせず、呼び捨てを続ける。

それで、君は主導権を握れるだろう』

「主導権って……」

『三、待ち合わせには、少しだけ遅刻をしていこう。待っている間、「もしかして、彼は来ないのかもしれない」という不安を抱かせたうえで、悠々と登場だ。謝るのは軽く、すぐに「それじゃあ、ついて来いよ」と彼女をリードしよう』

「それでか」

『四、会話が途切れた時には、誕生日を聞こう。誕生日が過ぎていたら、「残念」と言い、近かったら、「もうすぐだね、お祝いしたいな」、まだまだだったら、「そっか、その日が楽しみだな」と言う。好むプレゼント、家族との思い出など、誕生日はなかなかネタが尽きないのでおすすめだ』

「ま、たしかにね」

『五、小馬鹿にしてみる。これは、上級テクニックだ。相手の話を小馬鹿にしたうえで、即座に持ち上げる。下げて、上げる。これで彼女の心は、ジェットコースター状態だ。間違いない。失敗して、怒らせても焦ってはいけない。「ごめんごめん、怒った顔、見たくなったんだ」と頭を撫でる。これで完璧だ』

「……なんだか、いちいちカチンとくる本だなぁ」

と、桜子は本を閉じた。

だが、ここまで読んで、腑に落ちた。

須賀がいつも少しだけ遅刻してきたのも、いきなり呼び捨てにしてきたのも、桜子の選択を小馬鹿にしたように言ったのも、会話が途切れて、誕生日の話題を振ってきたのも、すべてはこの本のマニュアル通りに進めたのだ。

それにしても……。

「こりゃ、須賀君も逃げたくなるかも……」

こんな本を読んでると知られたのだから。

彼が電車の中で見ていたのも、この本だったのではないだろうか。

会話が途切れ、気まずい雰囲気になっていたので、彼はどうして良いか分からなくなって、マニュアルをチェックした可能性がある。

そう思えば、少し申し訳ないことをした。

いや、あれは、そもそも彼が遅刻してくるのが悪い。

そんなふうに逡巡《しゅんじゅん》しながら、ふと、スマホを見ると、メッセージが入っていた。

画面をタップすると、メッセージは須賀からだった。

『今日はほんとごめん』と一言だけ届いている。

大丈夫だよ、と桜子は返信しようとするも、指を止めた。

このメッセージもマニュアルに沿っているのだろうか？

桜子は即座に本を開いて、確認した。

『彼女に対して失態をした時は、しばらく自分からは連絡を取らないようにしよう。彼女が痺れを切らして、連絡を寄こした際に、「マジでごめん。今から会える？」と返すのだ。それで彼女は、君が反省しすぎて、連絡できなかったと受け取るだろう。これでバッチリだ』

「なにが、バッチリだよ。全然、バッチリじゃないよ」

と桜子は舌打ちする。

本の内容にはまたもカチンときたが、須賀はマニュアルに従わずに、自分の判断で連絡をくれたようだ。そのことは、好感が持てた。

あらためて、メッセージを送ろうとして、また指を止める。

対話が大切と学んだばかり。ちゃんと話そう、と桜子は通話ボタンをタップした。

少しの発信音のあとに、須賀が電話に出た。

『いや、あの……』

須賀の戸惑ったような声が耳に届いた。

「須賀君、あのね」

ごめん、と須賀は言う。

『先に、言い訳させてもらっていい?』

「あ、うん」

『これまで俺は、恋愛に目もくれず、バスケばかりしてきたんだ。バスケの時は上達するために、マニュアル本を読み込んで、正しいトレーニングをしてきた。それで割と上手くいってたんだ』

で、と須賀は話を続ける。

『こっちの学校に転校してきたのは、親の離婚なんだ。母親の方についてきたから、やっぱ経済的に厳しくて、バイトするようになったから、バスケはやめることにした。まぁ、受験もあるし、どのみちやめる時期だったんだけど』

うん、と桜子は相槌をうつ。

『自分で決めて母親についてきたのに、なんだかやさぐれた気持ちになってて、髪を染めたりしてたんだ。そんな時に、桜子が教師にビシッと自分の意見を言ってるのを見て、なんつーか、自分まで「しっかりしろ」って言われてる気持ちになった。凛《りん》としている桜子を見てたら、カッコイイなって……。気が付いたら、好きになってたんだ』

　桜子は何も言えずに、黙って次の言葉を待った。

『けど、これまで恋愛なんてキョーミなかったから、どうしていいか分からなくて。スポーツと同様、マニュアル本を読み込んで勉強したんだ。まさか……その本を見られるなんて思わなくて、恥ずかしさに頭が真っ白になって』

　マジでごめん、と須賀は言う。

　ううん、と桜子は首を横に振った。

「私も伝えたかったの。私は、待ち合わせで遅刻されるのは嫌い。どうしようもない場合は仕方ないけど、わざと遅刻なんて絶対に嫌。そして、がんばって考えたことを小馬鹿にされるのも嫌」

　そっか、と須賀は低い声で言う。

「だけど、こんな私に告白してくれたのはすごく嬉しかったし、いきなり呼び捨てはちょっと戸惑った……今となってはいいんだけど、最初はちょっと戸惑ったかな。かな。私、須賀君と普通に話すのが楽しかった。マニュアルに沿った須賀君よりも、素の須賀君の方がずっといい」

　須賀は、うん、と答える。

『これからは、小細工はやめる。そしたら挽回《ばんかい》できるかな？』

須賀にそう問われて、桜子は黙り込んだ。

桜子の5ハウスは、天秤座。ルーラーは、金星。

恋愛においてどういう行動に出れば良いかというと、

『今よりも素敵な自分になれるよう心掛ける。見た目やファッションにも気を遣っていこう』——つまりは、『自分を磨け』ということだ。

自分は須賀に対して、『もっと素敵な自分になりたい！』と奮闘する気持ちになれるだろうか？

5ハウスは、恋愛だけではなく、娯楽や趣味も暗示している。

これが、小説の執筆に関して、『もっとより良いものを作れるよう自分磨きを心掛ける』と言われたら、喜んで取り組めるに違いない。

では、相手が須賀じゃなければ、恋に対してがんばれるのか？

自分に問うてみると、答えは『NO』だった。

今自分が、がんばるべきは、他にあるのだ。

ごめん、と桜子は口を開いた。

「私、やっぱり、須賀君とは付き合えない」

『……やっぱ、今日のことで？』

うううん、と桜子は首を横に振る。

「須賀君と話していて、煮え切らなかった自分の気持ちがようやく分かったの。私は今、受験に向けて自分の大切な夢も保留にしているんだよね。夢を追うのを我慢しているのに恋愛はするっていうのは違うなって。だから、その……」

本当にごめんね、と桜子は目を伏せながら言う。

『そっか』

と、須賀は少し晴れやかな声で答えた。

『じゃあ、受験が終わったら、またアプローチしてもいい？』

桜子は思わず笑った。

「その頃には、他の子を好きになってるかもよ？」

『ずっと、桜子を好きなままかもしれない』

「それじゃあ、その時になったらお互い考えよう。でもね、須賀君、素のままで素敵だから、変な技を使おうとしないでね」

『分かった。恋愛に関して、マニュアルに頼るのはもうやめる』

「それがいいと思う」

『ちなみに、星占い的にもそうなのかな？』

「……あ、うん。占星術的にも須賀君は、『誠意ある対応で相手の信頼を得る』方が良いみたい」

『そうなんだ。肝に銘じとく』

須賀は軽い口調でそう言い、それじゃあ、と二人は電話を切った。

通話を終えて、桜子はベッドに横たわり、息をついた。

「明るく言ってくれてたけど、傷付けちゃっただろうな……」

結局、こんな風に断ってしまうなら、『保留』なんて言って期待させない方が良かったのだろうか？

もっと早くに、自分の気持ちに気付いていれば……。

自己嫌悪に陥りそうになった時、桜子のスマホがピコンと音を立てた。

スマホを見ると、柊からメッセージが来ている。

『今日の分の檸檬ケーキ、まだあるから食べにこない？』

時計に目を向けると、夜八時を少し過ぎたところだ。

『船岡山珈琲店』は、閉店したのだろう。

ケーキが余るなんて珍しい。

行く、と返信して、桜子はむくりと体を起こした。

一階の珈琲店に入ると、

「サクちーん」

テーブル席にいた柊が陽気な声を上げて、こっちこっち、と手招きをした。

柊の向かい側には、高屋が座っている。

京子は隣のテーブルで、マスターが作った夕食、オムライスを食べていた。

「高屋も来てたんだね」

と、桜子は、柊の隣に腰を下ろした。

「ああ、さっき、柊君に呼ばれて」

「今ね、薫子さんの話を高屋君に伝えたところなんだ」

柊は相変わらず、結構な出来事をさらりと言う。

桜子は、えっ、と息を呑んで、高屋を見た。

高屋は弱ったような表情で、そっと肩をすくめる。

「昔のことだとは思ったけれど、彼女に対する誤解が解けたのは良かったよ」

そう言った高屋の表情はとても穏やかであり、桜子は安堵の息をつく。

その時、マスターがやってきて、桜子、柊、高屋の前に檸檬ケーキと紅茶を置いた。

「どうぞ。まだ恋を知らないあなたがた三人に、恋のケーキです」

マスターの言葉を受けて、桜子、柊、高屋はそれぞれに顔を見合わせた。

「まだ恋を知らないって……」

桜子は反論したかったが、その通りかもしれない、と言葉を呑み込む。柊と高屋も同じ気持ちなのか、複雑そうな表情をしていた。

「……この檸檬ケーキって、甘酸っぱいから、『恋』なんだよね？」

桜子は、いただきます、とケーキにフォークを入れながら訊ねる。

マスターは、そうですねぇ、と鷹揚に答えた。

「それもそうですが、このケーキは、パッと見だけでは中がどうなっているか分かりませんよね？」

桜子はあらためて檸檬ケーキに目を落とす。

器がレモンの皮であり、生クリームの上に花の形になった薄切りのレモンが載っていて、さらに金粉が振りかけられている。

たしかにこれだけ見れば、生クリームの檸檬ケーキのようだ。

しかし、底はレモンゼリー、その上にレアチーズケーキ、そして生クリームと三層になっている。

「恋というのは、檸檬ケーキの見た目のようにキラキラしているように思えますが、実のところ踏み込んでみなければ分からないんですよ。恋も同じです。踏み込んでみなければ分からない」

マスターのその言葉は、桜子の中にすとんと落ちた。

「そうだよね……」

さっきまで、須賀を傷付けてしまった自責の念に駆られていた。

最初から近付かない方が良かったかもしれない、と後悔していた。

だが、マスターの言葉を聞いて、そうではなかったと気付けた。踏み込んでみたかからこそ、自分でも納得いく答えを出すことができたのだ。

そうだ、とマスターは、高屋の方を見た。

「高屋君、この前の言葉を撤回します」

「えっ、なんでしょう？」

と、高屋は首を傾げた。

「『恋をしてみるとかどうでしょう』と言ったでしょう？」

はい、と高屋は思い出したように洩らす。

「恋は、しようと思ってできるものではないですからね」

そう言ってマスターは、焦げ茶色のアップライトピアノの許に向かった。

おっ、と柊が顔を明るくさせる。

「マスター、久々のリサイタルだね。今宵のナンバーは？」

さて、とマスターは微笑んで、ピアノのカバーを開けた。

やがて流れてきた旋律は、とても優しい。

マスターの囁くような歌声を聞き、あっ、と桜子は洩らす。

「聴いたことある曲だ」

「プレスリーやな」

と、オムライスを食べ終えた京子が懐かしそうに言う。

「そうだ、『can't help falling in love』。エルビス・プレスリーの曲だよね」

「サクちん、よく知ってたね。結構昔の曲だよ？」

「有名だし、学校の吹奏楽部が演奏したのを聴いたことがあったから」

邦題は、『好きにならずにいられない』。

そのタイトルのように、恋はしようと思ってするものではなく、それこそ、『好きにならずにいられない』状態になってしまうとマスターは伝えたいのだろう。

自分たち以外は誰もいない店内に、マスターのピアノと歌声が響く。

それにしても、マスターの美声は相変わらずだ。

柊は、やっぱ、と洩らした。

「マスターって、若い頃、モテてそうだよねぇ」

「私もそう思う」

と、桜子は首を縦に振って、確認するように京子の方を見た。

京子は、あの通りや、と肩をすくめる。

「やっぱり、モテてたんだね？」

「けど、京子さん一筋だったんだよね？」

と、柊がいたずらっぽく笑って訊ねる。

「本人はそう言うてるけど、実際は分からへん。よう色んな女の子とデートしてはったし。あの頃は、私にアプローチしてきても、『よう言うし』て流してたさかい」

そうは言っても、結局マスターは愛する人・京子の心をつかんだのだ。

恋愛の成功者ではないか。そんなマスターから見れば――、

「私はまだまだ、ひよっこだよね」

桜子が、ふぅ、と息をつくと、柊がにっこりと笑った。

「いいんだよぉ、サクちんはまだまだひよっこで。ずっと、『お兄ちゃん、お兄ちゃん』って言ってくれればそれで」

「『お兄ちゃん、お兄ちゃん』なんて言ってないけどね。お兄こそ、恋をしたら？」

桜子は冷ややかな視線を柊に送る。

「いやぁ、俺も薫子さんと同じで、『5ハウス・水瓶座』なんだよね」

桜子は、えっ、と声を洩らした。

長い付き合いだが、桜子は柊の生年月日を知らない。そのため、これまで柊の誕生日を祝ったことがない。これまで柊は、どんなに聞いても、自分の生年月日を教えてくれなかったのだ。

そのため、柊の5ハウスが水瓶座というのは、今初めて知った情報だった。

だが、そこで過剰に反応するのは良くないだろう、と桜子はさらりと受け流す。

「あ、そうだったんだ。そっか、それじゃあ、なかなか難しいよね」

うんうん、と桜子がうなずいていると、高屋は不思議そうに小首を傾げた。

「なにが難しいんだろう？」

ええとね、と桜子が説明した。

「『5ハウス・水瓶座』の人の恋愛観って独特なのと、何かのキッカケで相手に強く興味を持たないと恋愛に発展しないから、中にはなかなか恋をしない人もいるの」

須賀が、桜子に興味を抱いたのは、たまたま桜子の中に『獅子性』を感じたのがキッカケであり、薫子が、高屋を好きになったのは、父親に似ていたのがキッカケで興味を抱いたからだ。

「なんだか、高屋も『5ハウス・水瓶座』っぽいよね」

ふむ……、と高屋はスマホを手にした。

ついに高屋も、『自分はどうなのだろう？』と気になったのだろう。

高屋の出生図は、前々から気になっていた。だが、ここで出生図を見せろと詰め寄ってしまえば、高屋の心が閉じてしまうかもしれない。

桜子は、ここでも興味なさそうな口調で訊ねる。

「……やっぱり、高屋の5ハウスも水瓶座だった？」

「いや、牡牛座のようだ」

5ハウスが牡牛座の恋愛傾向は、

『穏やかな恋愛観の持ち主。一緒にいて居心地の好《よ》さと安定が大切。一途《いちず》になりやすい』というもの。

へぇ、と桜子と柊は、相槌をうつ。

「高屋君は、いい彼氏になりそうだねぇ」

柊の言葉に、高屋は目を丸くした。

「なっ、『5ハウス・牡牛座』だけで、そんなことが？」

「思えば、薫子さんに対して、当時は酷い仕打ちを受けたと思ったわけでしょう？ もっと責めてもよかったのに、『価値観が違う』と言ってお断りしたりって、結構、高屋君は優しいよね」

「いや、やめてくれないか」

高屋は顔を赤らめながら、檸檬ケーキを黙々と食べ始める。

「恋のアクションは、金星だね」

と、続けた柊に、高屋は顔を上げた。

「どうして、恋のアクションは金星と？」

「そうか、高屋君はいなかったんだ。星座にはルーラーというのがあって……」

「ルーラーは知ってる。星座の支配星だろう？」

そうそう、と柊はあらためて説明をする。

「恋愛の傾向は、５ハウスの星座を観て、さらに恋のアクションは、５ハウスの星座のルーラーを観るといいんだ。牡牛座のルーラーは、金星だよね」

なるほど、と高屋がうなずいている。

そう、牡牛座と天秤座のルーラーは、金星だ。

恋のアクションとしては桜子と同じ、『自分を磨く』というもの。

『５ハウス・牡牛座・天秤座』の人は、恋愛に対してがんばるというより、自分磨きを楽しんでいると、いつの間にか恋愛も上手くいっていた、ということがあるそうだ。

「興味深いな。ルーラーを次の特集に提案してみよう」

と、高屋は手帳を開いて、メモをする。

「それなら、それもまた表にしてあげるよ」

「ありがとう」

「それにしても、高屋君は真面目だねぇ」

「ほんと、あんなに占い嫌いだったのにねぇ」

そう言うと、高屋は気恥ずかしそうに目をそらす。

「……仕事だからな」

高屋はここに来てから、大嫌いだった占いと向き合い、懸命に仕事をしてきた。

それは、まさに『自分磨き』と言えるのだろう。

そのせいか、桜子にとって最悪だった印象が、随分変わっている。

このまま、『自分磨き』を進めていけば、良い出会いがあるのかもしれない。

高屋が女性と一緒にいる姿を思い浮かべ、桜子は『想像つかないな』と苦笑した。

「まぁ、それはさておき、俺たち恋を知らないトリオ。乾杯しようか」

と、柊は紅茶のカップを掲げる。

桜子は、はっ？　と眉根を寄せる。

「なんの乾杯？」

「これからも、恋なんてしないでおこう乾杯」

「えっ、そんなのは嫌なんだけど。いずれ恋したいし」

と、桜子は自分のカップを隠すように持つ。

「ええ、サクちん、そんなぁ」

桜子と柊のやり取りを前にして、高屋は小さく笑って紅茶を口に運ぶ。

それは恋を知らないけれど恋に対して向き合い、一歩大人になった夜だった。

星座と支配星と特徴

星座 柊的解釈では寮	エレメント （魔法属性）	支配星（ルーラー） 寮の先生	特徴
牡羊座	火	火　星	行動力・情熱的・負けず嫌い
牡牛座	地	金　星	美意識・調和・愛情
双子座	風	水　星	コミュニケーション力・観察力
蟹　座	水	月	感情豊か・家族の絆・包容力
獅子座	火	太　陽	リーダーシップ・自信家・人情家
乙女座	地	水　星	知的・分析力・神経質
天秤座	風	金　星	社交的・平和主義・美的センス
蠍　座	水	冥王星 （火　星）	冷静沈着・忍耐・神秘的
射手座	火	木　星	冒険家・自由奔放・大らか
山羊座	地	土　星	努力家・常識人・野心・伝統的
水瓶座	風	天王星 （土　星）	自由人・未来志向・革命的
魚　座	水	海王星 （木　星）	繊細・感受性・ロマンチスト

柊的解釈・5ハウスの星座で分かる恋愛のアクション

ルーラー（寮の先生に相談しよう）

※恋愛などの個人的な事柄では、
トランスサタニアン（天王星、海王星、冥王星）ではなく、サブの副担任が担当。

星座（寮）	支配星（担任）	恋愛の相談をしてくれる先生	先生からの一言アドバイス
牡羊座	火　星	火　星	とにかく、行動あるのみ。積極的にアプローチしていこう。
蠍　座	冥王星		
牡牛座	金　星	金　星	今よりも素敵な自分になれるよう心掛ける。見た目やファッションにも気を遣おう。
天秤座			
双子座	水　星	水　星	さり気なく相手との距離を縮めていこう。共通の会話を見つけよう。
乙女座			
蟹　座	月	月	過去や家族といった、プライベートな話をしてみよう。
獅子座	太　陽	太　陽	自分の良いところを相手にアプローチしていこう。
山羊座	土　星	土　星	誠意ある対応で、相手の信頼を得ながら、じっくり恋を進めていこう。
水瓶座	天王星		
射手座	木　星	木　星	人生を楽しみながら自分を磨き、チャンスを引き寄せよう。
魚　座	海王星		

※蠍座・水瓶座・魚座は、恋愛の相談は、
副担任の火星、土星、木星にしてもらいます。

第三章　蜂蜜檸檬と５ハウス

1

毎週月曜日は、午後一時に会議という名の打ち合わせが行われる。

皆が集まるなり、真矢が手を合わせて言った。

「実は、本社から宿題が届いているの」

えっ、と三波と高屋は同時に口を開いた。

「本社からの宿題？」

「それはどういうものですか？」

高屋は興味を惹かれたものの、三波は顔をしかめている。

どうやら、三波は『宿題』という言葉に、拒否反応が出るようだ。

「これについては、丸川編集長から説明をしてもらいます」

真矢はあえてかしこまった言い方で、マル長に視線を移す。

マル長は少しだけ腰を上げて、フロア全体に呼びかけた。

「あー、他の部署のみんなも聞いてほしいんやけど」

マル長の言葉を受けて、営業の朽木と柿崎は立ち上がり、他の部署の者も手を止めて、マル長に視線を向ける。

「ええと、これは、もう僕ら百万遍ぐらい言うてる話なんやけど、昨今の読書離れについてやねん。昔よりもみんなが本を買わなくなっているのに加えて電子書籍の普及も著しく――それはそれでええ面もたくさんあるんやけど――、せやけど、その一方で紙の本は今後益々《ますます》、縮小へと向かっていくのは間違いあらへん」

百万遍は大袈裟だが、それはまさしく高屋が耕書出版に入社してから、耳にタコができるほどに聞かされた話だ。

マル長が言うように、電子書籍の普及は良い面もたくさんある。

だが、紙の本の文化が廃れるとなると、別問題だ。紙の本はなくしてはいけない、いや、なくしたくないと切に思う。

最初は危機感を覚え、なんとかしたいと色々思考を巡らせたが、解決策は見付からず、最近に至っては『自分一人で何ができるのだろう』という気持ちになりつつある。しかし、それを良しと思っているわけではない。

「まぁ、ほんで施策として、あらためて、夏休みから秋に向けて、『読書家の卵を育てよう』と本社は考えたそうなんや」

と、マル長は、真矢に目配せをする。

それを受けた真矢は、その言葉をホワイトボードに書き、オフィスを見回した。

「つまり、比較的電子書籍に触れていないであろう、小・中学生に本を『読む楽しさを知ってもらう』、『読書を好きになってもらう』、そうなってもらうための取り組みを社を挙げてやっていきたいとのことで――」

マル長が、せやけど、と肩を下げる。

「そうはいっても、出版業界はこれまでそういう取り組みは何度もしてきたやん？」

それはそうだ。朝のショートホームルームが始まる前に読書する、略して『朝読』の取り組みをはじめ、これまで出版業界は努力を続けている。果たして、『朝読』で、どれだけの子どもたちが読書好きになってくれたのだろうか――？

「今は娯楽が多いですからねぇ」

三波が囁くと、マル長が同意した。

「せやねん。僕らの時は、テレビとマンガと小説くらいやったし。テレビとマンガはあかんって禁止されてしもたら、ほんまに、小説しかなかったんや。ほんで、僕らが大学生の時はむつかしい本を持ってるのがステータスみたいなところもあって、みんな読んでへんのに、ハードカバーの単行本を持ってた時代もあったんやで。あの頃、本なんて飛ぶように売れて。あー、その頃の編集長になりたかったて思うわ」

と、マル長は遠くを見るような目でぼやく。

だが、真矢の冷ややかな視線を受けて、すぐに居住まいを正した。

「でな、本社はなんや子どもちゃんたちに、『読書』は趣味として素敵なものやって、思わせたいそうなんや。まぁ趣味にもカッコええもんと、そうでないもんがあるやん？　簡単に言うたら、『趣味が読書ってカッコええ』状態にしたいて話やねん」

どうしたものか、と高屋は顔をしかめる。

皆も同じ気持ちだったのか、微妙な表情をしていた。

「そもそも、趣味にカッコイイとか悪いとかありますか？」

「あるやん。スノボとかギターとかカッコええやん」

高屋の問いに、マル長がムキになって答え、真矢が苦笑する。

「バブル世代っぽいですね」

たしかに趣味に良し悪《よあ》しなどないだろうという建前と、実際人に言いやすい趣味は存在する。そういう意味では読書は後者。

人に言いやすいが、『カッコイイ』かと問われたら、返答に困る。

どちらかというと地味な印象だ。

「で、本社は部署ごと、支社は支社ごとにまとめて、案を提出せなあかんのや。ええ案を出したところは、表彰されるんやて」

ふぅん、と高屋は相槌をうつ。

「僕は正直、表彰なんてどうでもええねん。せやけど、大阪支社はこない精鋭たちが集まっているんやでってのを本社の皆に証明する大きなチャンスやし、ここは一つ、皆の良いアイデアがほしいて思てる」

そういうわけで、と真矢が手を打った。

「皆さん、子どもたちにどうしたら『読書が趣味って素敵』――マル長的に言うと、『趣味が読書ってカッコイイ』と思ってもらえるか、はたまた『どうしたら、本を手に取ってもらえるようになるか』各々案を提出してください。締め切りは、二週間後です」

口にこそ出さなかったが、皆が心の中で悲痛な声を上げているのは伝わってきた。

そしてそれは高屋も同じであり、そっと額に手を当てる。

会議が終わると、皆はそれぞれ自分の仕事に戻った。

高屋は気を取り直して、刷り上がった『ルナノート』の最終ゲラを眺める。

『5ハウスで観るあなたの恋愛の傾向』の特集を含め、恋愛と5ハウスが前面に打ち出された一冊だ。表紙は、七月発売ということで、七夕をイメージした背景——天の川、織姫《おりひめ》と彦星《ひこぼし》のシルエットが神秘的かつ、華やかに装飾されている。七夕も恋愛が一つの要素となっている物語だから、この特集に沿っているのだろう。また、ふんわりと可愛い星座イラストも記事を飾り盛り立てていた。

高屋がゲラのチェックをしていると、横から三波が顔を出した。

「良い仕上がりよねぇ」

「そうですね、デザイナーの仕事にはいつも感心させられます」

と、高屋は紙面に目を落としたまま答える。

「それもそうだけど、特集の内容もなかなかなものでしょう？」

三波は満足気に胸を張り、話を続けた。

「やっぱり、オンラインイベントをやったのは正解だよね。あの時の参加者の反応とか、届いた質問とかも反映させられたわけだし」

参加者の質問には、ハッとさせられるものがあった。

たとえば、『私は「５ハウス・牡羊座」なのですが、それは最初の部分がちょっと引っかかっているだけで、後のほとんどは、牡牛座なんです。それでも、牡羊座といえるのでしょうか？』というものだ。

出生図を確認すると、彼女の言う通り、５ハウスのはじまりはたしかに牡羊座だが、その範囲はハウスの五分の一ほどで、大部分は牡牛座だった。

これを柊に確認したところ、

『うん、それでも5ハウスのカラーは、牡羊座なんだ。ハウスはスタートが大事でね。たとえば、生まれたのがたまたま沖縄の病院で、生後一ヵ月で東京の自宅に戻って、その後の人生、ずっと東京で過ごしたって人がいるとするじゃない？　どんなに東京での人生が長くても、生まれが沖縄っていう事実が揺るぎないように、ハウスも同じなんだ』

ということで、柊の文言をそのまま誌面に掲載した。

また、こんな質問もあった。

『5ハウスに惑星が入っているんですが、それはどう解釈すれば良いのでしょう？』

これに対しては、柊はこう答えている。

『5ハウスに惑星が入っているのは、もちろん、それぞれにちゃんと意味があるよ。今回は、「恋愛の傾向」ということで、ハウスの星座を取り上げているんだ。そもそも、5ハウスは恋愛だけじゃなくて、娯楽や趣味、出産、子育てなんかも暗示する「自己表現の部屋」なんだよね。そこにどんな惑星が入ってるかで自分の表現の方法が分かるよ』

ということで、『5ハウスに入っている惑星で観る自己表現の方法』という表も載せている。

また、『5ハウスの星座別、オススメのデート先』というページも作った。

「5ハウスに振り切った、良い特集になった！」

胸を張って自画自賛する三波の横で、高屋は曖昧に相槌をうった。

「あれ、なにか不服だったり？」

彼女はこう見えて、なかなか鋭い。

高屋の中に思うことがあったのを敏感に察知したようだ。

「いえ、さらにここにルーラーのことも一緒に載せられたら最高だったな、と思いまして」

「ルーラーって、たしか星座の支配星のことだよね」

「そうです」

「私、『ルーラー』って言われるよりも、『支配星』って言う方が、なんとなくスッと入ってくるのよね」

「まぁ、日本語の方がしっくりきやすいですよね」

「『ルナノート』で、ルーラーを取り上げる場合、『支配星』と書いて、ルビを『ルーラー』にしたいんだけど、どう思う？」

「いいと思いますよ」

今も『星座』と書いて、『サイン』というルビを振っていたり、ハウスには（室）とつけたりと、自然に読みやすい表記を心掛けている。

「で、どうして、支配星を一緒に載せたら最高だと思ったの？」

と、三波は話題を戻す。

「柊君の話では、５ハウスの星座の支配星で、その人に合う『恋のアクション』が分かるとかで」

なにそれ、と三波は勢いよく前のめりになった。

「『恋のアクション』って、つまり５ハウスの支配星を観ることで、好きな相手にどうアプローチしたら良いか分かるってこと？」

「そうです」

絶対に上手くいくというわけではないのですが、と高屋は付け加える。

「ええと、私は『５ハウス・山羊座』なんだけど、支配星は……」

高屋はスマホを手に取り、山羊座の支配星を確認する。

支配星や『恋のアクション』は、既に柊が表にしてくれていた。

山羊座の支配星は、土星だった。

「三波さんも土星ですね」

「も、ってことは、他に土星の人がいたの？」

高屋の頭に薫子の姿が浮かんだが、それは口にしなかった。

「柊君の５ハウスが水瓶座で……」

そう言うと、三波が高屋のスマホを覗き込む。

「えっ、でも、水瓶座の支配星は、天王星だよね？」

「恋愛のような個人的なことは、トランスサタニアンではなく、副支配星で観るそうなんですよ」

トランスサタニアンは、天王星・海王星・冥王星と地球から目視できない星を指していて、この三星《みつぼし》は他の惑星よりも、エネルギーが強く、個人よりも社会に影響を与えるといわれている。柊は、理事長クラスで、側にいないと言っていた。

ほお、と三波は感心したように洩らす。

「で、支配星が土星の人は、どうアクションしたら？」

「誠意ある対応でじっくり進めていく方が良いそうですよ。詳しくはここに」

と、高屋は、スマホを三波に渡した。

三波は表を眺めながら、へえええ、とさらに感心の声を上げながらスマホを高屋に返した。

「これ、すごく面白いじゃない。なんでもっと早くにそれ言ってくれないの？」

「この話題になったのが、最近だったので」

「そっか、それじゃあ、しょうがないかぁ」

「そうなんですよ。残念ですよね」

「でも、まぁ、支配星の話題は、紙の雑誌よりＷＥＢ版の方が向いていそう」

「たしかに、少し大人向けかもしれませんね」

「でしょう。ＷＥＢ版を充実させようか」

そういえば、と三波は身を乗り出して、高屋のデスクの上にあるゲラを覗き込む。

「『5ハウス・山羊座と水瓶座』、恋のアクションを知るための支配星は同じ土星なのに、恋愛の傾向が正反対なのは面白いと思わない？」

表を見ると、『5ハウス・山羊座』は、

『古風な恋愛観の持ち主。とても真面目な恋愛観を持つ。礼節を重んじる。心を開いたら、温かい愛情で相手を包む』

『5ハウス・水瓶座』はこう書かれていた。

『独特の恋愛観の持ち主。相手に興味を持たないと恋愛に発展しない。恋人というより、対等のパートナーのような関係を求める』

「そうですね、たしかにまるで違いますね」

元々、誠実な山羊座に対しては、『そのままの自分で誠意をもってがんばりなさい』と言っていて、独特な水瓶座には『いつもと違う自分でがんばりなさい』と言っていることになる。

「ちなみに、恋愛の傾向は当たっていてね。意外に思うかもだけど、私、割と恋愛に対しては古風なの。好きな人を思いきって誘ったのなんて、今回が初めてだったし。あ、意識していない人なら、ガンガン誘ってるけどね」

高屋はあらためて、三波と朽木の経緯を振り返る。

三波が朽木をワインの試飲会に誘い、それがキッカケで付き合い出したのだ。

「それだって、透さ……朽木さんがワインが好きかリサーチして、突然誘っても迷惑かもしれないから、事前に『何日にワインの試飲会があるんですが、私一人じゃ参加しにくくて、一緒に行ってもらえませんか？』って感じで、相手が警戒心を抱かないように誘って、丁寧にコトを進めたのよ。それこそ、本当に計画を立ててじっくりと。それが功を奏したってことだよねぇ」

はあ、と高屋は答える。興味がなかったので、またチベットスナギツネのような顔になっているに違いない。

三波は、そんな高屋の顔を睨むように見るも、すぐにゲラの表に目を落とした。

「柊君は、『５ハウス・水瓶座』だから、『独特の恋愛観』かぁ、なんだか、そのまんまって感じがする」

その言葉から、以前の会話が、頭の中を過った。

「三波さんは、本当に柊君が、桜子君を好きだと思っているんですか？」

うん、と三波はあっさりうなずいた。

「あれから僕も観察したんですが、あの二人はやはり、兄妹のようなものではないかと……」

「たしかに兄妹のように接しているけど実際はそうじゃないでしょう？　桜子ちゃんが実の兄のように慕ってて、柊君はそれを心得ているから、あえてシスコン・ポジションに収まってるのかなと思ってたけど」

高屋は黙り込んで、眉根を寄せた。

以前のように、そんなわけがない、と突っぱねて終わりたかった。しかし、『あえてシスコン・ポジションに収まっている』と聞くと、一理あるような気がしてきた。

実のところ、柊は、桜子をどう想っているのだろう？

高屋は二人を見ていて、『本当に仲の良い兄妹だ』と微笑ましい気持ちでいた。

それだけに柊が桜子に恋愛感情を抱いているのかもしれないと思うと、複雑な心境になる。

応援するべきなのかもしれないが、応援したい気持ちにはならない。

三波は、それはそうと、と小声で囁いた。

「朽木さんの5ハウスは、射手座なんだけどね……」

高屋は我に返り、思わず紙面を確認する。

『5ハウス・射手座』の恋愛の傾向は、『自由でのびのびした恋愛観の持ち主。束縛や重たいのは苦手な傾向。追われるより追いたい。深い会話をしたい』という実に朽木らしいものだった。

「その射手座の支配星って？　恋のアクションはどうなるのかな？」

と、三波は、他の者に聞かれないように高屋の耳元で小声で訊ねる。

ええと、と高屋はスマホを確認する。

「射手座は木星です。木星が示す恋のアクションは、『人生を楽しみながら自分を磨き、チャンスを待とう』というものですね」

『自分磨き』という点では金星のアクションと少し似ているが、金星は外見等を磨くことが強く押し出されている一方、木星はどちらかというと内面を磨く方にフォーカスされている印象だ。

「それって彼の場合、自分のことを楽しんでがんばっていたら、恋のチャンスが転がってくるってこと？」

そうですね、と高屋はうなずく。実際朽木は楽しんで仕事をしていたところ、三波からのアプローチを受けて交際に至ったのだ。

「当たっていますね」

高屋が思わずそう言うと、「ああ、もう」と三波は自分の前髪をつかむ。

「悔しすぎる！」

「悔しい？」

「彼のことは変わらず好きなんだけど、最近いちいち悔しくて仕方ないのよ。仕事も恋愛も、彼に負けっぱなしで！」

以前、三波は、良案を出した朽木に冷ややかな目を向けていた。

あれは、悔しさの表れだったのだろう。

「仕事はあの通りできる人だし、恋は私の方がアプローチして付き合ってもらって、今も私の方が『好き好き』って感じで、彼は常にクールだし……」

三波は面白くなさそうにブツブツとつぶやき、こちらを見た。

「この悔しさ、高屋君に分かる？」

もし、交際した相手が自分よりも仕事ができたら、と高屋は想像してみる。

「悔しいかもしれませんが、良い刺激になるのでは？」

「くっ、なんだか珍しく良いことを言ってきた」

そんなやりとりをしていると、またも噂をすれば影。

朽木が缶コーヒーを二つ持って、高屋と三波の背後に立った。

「お疲れ、これ、差し入れ」

と、朽木は二人のテーブルに缶コーヒーを置いた。

高屋は、少し驚いて振り返る。

「これ、広告とタイアップしてるコーヒーなんだ。たくさんもらったからお裾分け」

朽木はそう言って、ニッと笑う。見ると缶コーヒーには、耕書出版が手掛けているアニメ化したコミックのイラストがプリントされていた。

「あ、どうも」

と、高屋が缶コーヒーを手にした時、朽木が前屈《まえかが》みになって、ぼそっとつぶやいた。

「君たち、いつも距離が近すぎだから」

朽木はそれだけ言って踵を返し、自分のデスクへと戻っていく。

距離が近い？

高屋はぽかんとして隣の三波に視線を移すと、彼女の顔は真っ赤になっていた。

「三波さん？」

「もう、こういうところも、ほんと、反則。私にそれほど興味ないのかと思えば……悔しいぃ」

と、顔を手で覆いながら、嬉しそうに言っていた。

「反則って……」

　高屋は、三波の感情がいまいちピンとこず、眉根を寄せながら眼鏡の位置を正した。

2

「それはね、朽木さんが、高屋にヤキモチを妬《や》いたってこと」

　桜子は少し呆れたように言ってストローを口に運び、京檸檬ネードを飲んだ。

　仕事帰り、いつものように『船岡山珈琲店』に寄った際、『高屋、分からないところがあるの』と、桜子が手招きをしてきたので、高屋は向かい側の席に座った。

　そのまま勉強を教え、もう小一時間が経過している。

　既に食事は済み、食後のドリンクを飲みながら、なんとなく今日の出来事を桜子に伝えると、桜子は前述の言葉を口にしたのだ。

「ヤキモチ？」

　高屋がぽかんと洩らすと、桜子は強くうなずいた。

「高屋と三波さんの距離がいつも近いから、朽木さんは面白くなかったってわけ」

「だが、僕と三波さんは、互いにそんな感情をまったく抱いていない。それは、彼も心得ていると思うのだが……」

「そうかもしれないけど、それでも自分の好きな人が、他の男とぴったり寄り添っていたらモヤモヤするものなの」

ふぅん、と高屋は腑に落ちないまま、相槌をうつ。

桜子はもう一度、京檸檬ネードを一口飲み、思い出したように顔を上げた。

「高屋、『檸檬』好きなの？」

「レモン自体は酸っぱすぎて得意ではないが、レモン味のものは爽やかで良いと思っている」

「いや、そうじゃなくて、小説の……梶井基次郎の『檸檬』」

なぜ突然、桜子の口から『檸檬』が出てきたのか、高屋は不思議に思い、目を瞬かせる。

桜子は高屋の戸惑いを察したようで、慌てて言った。

「薫子さんがね、あの頃、自分が高屋に振られたのは、『檸檬』についての回答が良くなかったからなんじゃないかって、悩んだりしたんだって」

当時、彼女がそんな風に思っていたなんて。

高屋の中ではかなり驚いたが、表には出さなかった。

「『檸檬』を初めて読んだのは、小学生の頃で正直わけが分からなかったんだ。これは大人になってからもう一度読み直そうと決めて、大学に入学して間もなく再読した。その当時は文学かじりで、随分捻った解釈を自分の中で繰り広げていたんだが、実のところやはり分からなかったんだよ。これは何度か読み込まなければ、と構内で『檸檬』を読んでいる時、彼女から声を掛けられたんだ」

高屋は天井を仰ぎ、当時を振り返る。

大学構内のベンチで本を読んでいたところ、薫子が自分の許にやってきて、そっと訊ねてきた。

『高屋君、読書中？　ちょっといいかな』

『ああ、構わない』

と、自分が本を閉じると、彼女は小さく笑って隣に腰を下ろした。

『「檸檬」を読んでたんだ。なんだか懐かしい。高校の頃読んだよ』

と、彼女は言って、ちらりとこちらを見る。

『あのね、高屋君。相談に乗ってほしいの』

『なんの相談だろう？』

つい、金銭関係だろうか、という考えが過ったが、彼女の家はお金持ちだったはず、と思い直す。それでも警戒心は解けなかった。

『恋愛の相談』

『恋愛……』

あまりの畑違いな相談に、高屋は聞き間違いだろうか、と顔をしかめる。

『私は、高屋誠さんという人が好きなんですが、付き合ってもらえますか？』

彼女はそう言ってはにかみながら、長い髪を耳に掛けた——。

そうして始まった交際は、まるで線香花火のように、とても短いものだった。


「交際中、二人きりで話していた時に、『檸檬』はどういう存在だったのか、彼女の見解を聞いてみたくなったんだ」

「……高屋は、薫子さんの回答、覚えている？」

「もちろん。『憧れや光』と答えてくれたよ」

「で、高屋はどう思ったの？」

「『なるほど』と」

「その解釈に合格とか不合格とかあった？」

まさか、と高屋は顔をしかめる。

「解釈は百人いたら百通りだ。合格も不合格も正解も不正解もないと思っている」

へぇ、と桜子は腕を組む。

「桜子君は、『檸檬』を読んだことは？」

「私も高屋と一緒で、小学生の頃に一度読んで、わけが分からなかったクチ。でっ、薫子さんの話を聞いて、再読してみたの」

「どうだった？」

「やっぱり、わけが分からなかったんだ。『なんだこりゃ』と思った」

と、桜子はお手上げのポーズを取り、けど、と話を続けた。

「それでいいんだと思ったの」

「それでいいとは？」

「だって、作者は普通じゃない精神状態をそのまま描いたわけでしょう？　きっと、同じように苦しい人には涙を流すほどに理解ができると思うんだよね。逆に『わけが分からない』って首を傾げられるのは、もしかしたら幸せなことなのかなって」

ふむ、と高屋は相槌をうつ。

「でもね、レモンが眩しく感じたのは、ちょっと共感できるの」

「青春の象徴だから、とか？」

そういうんじゃなくて、と桜子は小さく笑う。

「レモンそのものの造形に。レモンだけじゃなく、パプリカとかもそうなんだけど、まるで絵の具で塗ったような色鮮やかな野菜や果物を前にすると、『信じられない、自然ってすごいな』って感じで、神様の奇跡みたいに思っちゃうんだよね」

自分の中にはまったくない感覚だった。もっと聞いてみたい、と高屋は、少しだけ前のめりになった。

「リンゴは？」

リンゴかぁ、と桜子は腕を組んだ。

「リンゴは惜しいけど、そこまで至らないんだよね。まぁ、リンゴ自体は聖書の知恵の実はリンゴだったんじゃないかっていわれるくらい物語性はあるんだけど、実際にリンゴがそこにあっても、それほど特別感はなかったりするでしょう？　ちょっと異質で思わず目を留めてしまう果物や野菜って、そうはないと思う。レモンには不思議な存在感がある気がするんだよね」

私個人の意見ですけど、と桜子は付け加える。

「鬱屈とした日々を送っていた主人公は、ふとした時に、パッとそんな奇跡の果物を目にするわけで。心身が病んでいるのも手伝って、その眩しさが胸にズドンと入ってきちゃったのかなぁ、って思った」

「――面白い」

「え、そう？」

「なんていうか、君らしいよ」

「それ褒めてる？」

と、桜子は不愉快そうに眉根を寄せる。

もちろん、と高屋はうなずいた。

素直で真《ま》っ直《す》ぐな見解が、瑞々《みずみず》しくて良いと感じた。

今、思い出した。

薫子に『檸檬』について訊ねた時、彼女は困った表情で答えていたのだ。

その顔を見て、興味もない話に無理して付き合わせてしまった、と自分は少し申し訳なくなった。

なぜ、薫子に『檸檬』の感想を求めたのか……。

それは、単純な話だ。自分にとって不可解だった作品について、他の人と語り合いたかっただけなのだ。

本をキッカケに、親しくなれたらと感じていたのだ。

そう思えば、今は恵まれている環境なのかもしれない。

こうして、身近に作品について語り合える相手がいるのだ。

高屋は小さく笑いながら、桜子を見る。桜子はそっと肩をすくめた。

「脱線したけど、高屋だって恋をしてたんだから、朽木さんのような気持ちになったことがあるんじゃない？　薫子さん、モテそうだし」

そう問われて、高屋は再びかつてを振り返った。

桜子が言うように、薫子は、皆に慕われているマドンナ的存在だった。

そんな彼女に告白されて、桜子には『舞い上がった』と伝えたが、実際は、『なぜ僕に』と戸惑いの方が強かった。また、彼女は男友達も多く、男性との距離も近かった。が、帰国子女だ。そういうものなのだろう、と当たり前のように見ていた。

その後、友人同士の賭けで自分に告白したと知り（これは誤解だったが）、ショックというよりも納得した。

当然、腹立たしさはあったが、心のどこかで安堵もしていた。

やはりそういうことだったか。からくりが早めに分かって良かった、と……。

こうして思えば、自分は薫子に対して、嫉妬心を抱いていなかったのだ。

「……まぁ、僕もマスターが言う通りの人間ということだろう」

桜子はいたずらっぽく笑う。

「私と高屋とお兄は、恋を知らないトリオだもんね」

ああ、と答えかけて、高屋は口を閉ざした。

柊は、実際どうなのだろう？

そして、桜子はどう想っているのか……。

「君は、その、どうなんだ？」

「ああ、告白してくれた人？」

その話ではなかったのだが、高屋はあたかもそれを聞きたかったかのような顔をして相槌をうつ。

「ええっ、こ、告白？」

たまたま近くでテーブルを拭いていた柊が会話を耳にしたようだ。弾かれたように体を起こし、桜子に向かって前のめりになった。

「告白してきた人ってどういうこと、サクちん。っていうか、やっぱりそういう人ができてたんじゃん！　お兄ちゃん、アヤシイって思ってたんだよ。相手はどんな人？　大学生や社会人じゃないよね？」

ああもう、と桜子は煩わしそうに顔をしかめる。

「相手は同級生！　でも、もう、お断りしてます。受験生だし！」

そう言うと、そっかぁ、と柊は安堵の表情を浮かべて、良かった良かった、と鼻歌交じりにカウンターへと戻っていく。

桜子は、やれやれ、と息をついていた。

「断ったのは、君の中で実は他に好きな人がいた……とか？」

桜子は、いやいや、と首を横に振る。

「そんなわけないじゃん。私たち恋知らずトリオだよ？　なんていうか、人生懸けてがんばっている夢すら保留にしてるのに、恋はするってちょっと違うなと思って」

なるほど、と高屋は納得した。

彼女は一度作家デビューしたが、処女作の売り上げが芳しくなく、道を断たれたと一時は絶望していたが、復活して、今はセカンドデビューを狙っている。

奔放に見えるが、桜子は真っすぐでストイックなのだ。

高屋は小さく笑って、桜子に目を向ける。

桜子は、カウンターの方を見ていた。

カウンターの中にはマスターと柊がいて、愉《たの》しげに語らっている。

桜子が柊を見る目は、マスターに向けているものとなんら変わりはない。

彼女は心から柊を兄のように思っているのが伝わってくる。

もし、そんな桜子が、柊の気持ち——自分に想いを寄せていると知ったら、どうするのだろう？

こんなふうに桜子の胸の内を探りながら、ふと、以前、桜子に言われた言葉を思い出した。

『高屋って、たくさん本を読んでいるわりに人の心の機微とか分からないんだねぇ』

この言葉に、自分は少しばかりショックを受けた。

その後のオンラインイベントで、相談者の心に寄り添ったことで、『そんなことはないじゃないか』と自分は心の中で反論し、満足していたのだ。

しかし、そうではなく、桜子の言う通りだったのだ。

少し前の自分は、人の心の機微など分からなかった。

それはいつも自分の殻に閉じこもり、勝手に判断をして、自己完結してきたからだ。相手の気持ちに寄り添うどころか、相手を知ろうとしてこなかった。

それが楽で、安全だったからだ。

知ろうとしていないのに、心の機微など分かるはずがない。

だが、今の自分は変わってきている。

先日のオンラインイベントでは参加者の気持ちに、今は桜子や柊の心に寄り添いたいと思っている。

柊が本当に、桜子を異性として好きだと言うならば、その想いは否定したくない。

しかし、桜子はその事実に、おそらくショックを受けるだろう。

兄のように慕っている人を失ってしまうのだ。

もし、その時が来た際、自分が少しでも支えになれれば……。

「……桜子君」

「なに？」

「もし何かあったら、僕を兄だと思ってもらっていい」

「え、いきなり何言ってんの？　気持ち悪いんだけど」

と、吐き捨てられて、高屋は頭に漬物石が落ちてきたような衝撃を感じながらも、引き攣った笑みを返す。

それより、と桜子はさらりと話題を変えた。

「最近、読んだ本の中で、私が好きそうな本とかあったら教えて」

「読書は続けているんだ？」

「そりゃ、もちろん。気分転換は必要だし」

「君が好きそうな本か。『方舟《はこぶね》』は……」

そう言いかけると、桜子は、あーっ、と声を上げる。

「読んだ！　閉鎖された空間に閉じ込められて、事件が起こるやつ。あの雰囲気、超好き！」

「やっぱり好きだったんだな」

「ＰＯＰも書いてるよ。『特殊なクローズドサークルミステリ。あなたはきっと衝撃を受ける！』って」

「……それは、もしかしたらネタバレでは？」

「あの本の凄いところは、『衝撃を受ける』って聞かされていても、ちゃんと衝撃を受けるところだと思う」

たしかに、と高屋は小さく笑う。

「高屋的に最近のお気に入りは？」

「そうだな。良かったのは……」

なになに、と桜子は目を輝かせて前のめりになる。

やはり、本の話をするのは楽しいものだ。

ひとしきり本の話をした後、高屋は社内での『宿題』を思い出す。

「そうだ。こうやって、本について語る会を設けるようにするのも、一つかもしれない」

「なんの話？」

「実は……」

と、高屋は耕書出版の取り組みを、桜子に話して聞かせた。

これからの未来を担う子どもたちに読書を好きになってもらいたい、そして子どもたちに『読書は素敵な趣味』だと思ってもらいたいと考えている旨を伝えると、桜子は小首を傾げた。

「『読書』って、そもそも悪くない趣味じゃない？」

「そうなんだが、カッコイイ趣味かと問われると、また違うのではないか、という話なんだ」

桜子は、まぁねぇ、と相槌をうつ。

「なんなら、『趣味が読書』って、無難感もあるよね」

「でも、これからはそれも変化していく時代だろう。昔は『映画鑑賞』や『音楽鑑賞』も無難な印象だったけれど、今は少し変わってきている気がするし」

「あー、たしかに今は迂闊《うかつ》に『映画鑑賞が趣味』とか言えないかも。で、語る会っていうのは？」

「好きな本について思いきり語れる場というのは、すでにある。けれど、もう少し気軽に参加できる方がいいのではないかと。そういう場を提供していけたらと」

そう言うと桜子は腕を組んで、うーん、と唸った。

「それは、良いことだと思うんだけど、そういうところに行こうとする子は、すでに本が好きな子じゃないかな」

たしかに、と高屋は額に手を当てる。

「本に興味のない子に、手に取ってもらうって難しいことだよねぇ。その点、アニメや漫画のノベライズとかはとっかかりがいいんだろうけど」

と、桜子も首を捻りながら、難しいなぁ、と洩らした。

3

いよいよ、『ルナノート』の発売日を迎えた。

高屋は見本誌を持って、家路を急ぐ。

仕事帰りに『船岡山珈琲店』へ寄り、柊に見本誌を渡そうと思ったのだが、帰り際にバタバタと仕事が入ってしまったため、帰るのが遅くなった。

珈琲店はすでに閉まっていて、高屋は仕方ない、とスマホを手にする。

『今からルナノートを届けに行っても良いだろうか？』

と、柊にメッセージを送ると、すぐに返信があった。

『もちろーん。唐揚げ大量に作っちゃったから、一緒に食べようよ』

唐揚げという文字を見るなり、お腹が鳴りそうになり、高屋は苦笑した。

喜んで、と返信をして、高屋は建物裏に回り、ポストと宅配ボックスを確認する。

中には、小さめの荷物が入っていた。

差し出し人は、祖母と母だ。

今も月の初めに、こうして便りを送ってくれている。

小ぶりの包みは祖母からだ。

なんだろうと、その場で包みを開けると、中から蜂蜜が出てきた。祖母は相変わらずだ、と高屋は口角を上げる。

母からは、恒例の手紙だった。

母はかつて占い師（小学生だった柊）に家の財産をつぎ込むほどに傾倒した。

やがて、一家は離散。父と母は離婚、母は家を出て行き、その後、父はすぐに再婚し、自分を除いて新しい家庭を築いた。

父にも母にも捨てられた自分は、祖父母に育てられたのだ。

そうして、自分は、長い間占いと、母を憎んでいた。だが、ここに来て占いに対する気持ちなどが変わってきた。

母と再会したのは、そんな頃だ。

当時の母の事情等を知って、憎しみに近い気持ちは緩和された。しかし、許せる気持ちになったかといえば、そうではない。人の感情は、そう簡単なものではなかった。

『今後、あなたが誠実に幸せに生きていく姿を見て、僕はもしかしたら許せるかもしれない。だから幸せになることから、逃げないでください』

自分は母にそう伝えた。

それから母は、律義に毎月手紙を送ってきている。

手紙は当初、謝罪の言葉ばかり書き連ねられていた。

また、延々と『いつか許してほしい』と悲痛な言葉を書いているのだろうな。

封筒を目にするたびに胸が騒ぎ、読んだあとは憂鬱な気持ちになったものだ。

その気持ちを柊に吐露すると、彼はこう言った。

『お母さんから手紙が来ること自体は嫌じゃないんだよね？　それなら、謝るのはやめて、近況報告を送ってほしいって伝えたら？』

そうかもしれないと思った自分は母に、『もう謝らないでほしい。手紙を書いて送ってくれるなら、近況報告にしてほしい』と伝えたところ、母は謝罪を書き連ねるのをやめて、近況報告を書いて送ってくれるようになった。

そうして、約一年。

今となっては母からの手紙を、少し楽しみにしている自分がいた。

時薬《ときぐすり》とは、よく言ったもの。

時間が傷を癒してくれるのだろう。


「――えっ、それは違うよ、高屋君」

柊の部屋でくつろぎながら、母への思いがより緩和されていることを伝えると、柊はあっさりそう言った。

彼は今日も、白いTシャツ姿だ。そこに黒字の文言が入っている。

今日は、『前を向いて進まないと、目的地に着くのが遅くなるんだなぁ』と相変わらず、深そうでいて、当たり前のことが書かれていた。

テーブルの上には大皿がドンと載っている。

大皿の上には唐揚げの山と、サニーレタスをベースとしたサラダ、くし切りにしたレモンが添えられている。傍らには、おにぎりが並んでいた。柊いわく、『唐揚げには、おにぎり』だそうだ。唐揚げは衣がサクサクで、中がとてもジューシィだ。適度にかけられたレモンの酸味が、さらに食欲をそそる。

そして、ビールと言いたいところだが、『唐揚げには、ビールよりもこっち』と薄めのハイボールを作ってくれた。

高屋は、ハイボールを口に運びながら、そっと小首を傾げる。

「何が違うんだろう?」

「時が癒してくれたってところ。もちろん、それもあると思うけど……」

と柊は、口の中に入っている唐揚げを食べきってから、続きを言った。

「人の想いって、冷凍保存が利くから」

「冷凍保存?」

そう、と柊は強くうなずく。

「もしも、高屋君がお母さんに会わないまま、今日まで過ごしてきたとするじゃん。

『自分もいい大人だし、憎しみとかも薄れてきたな。時薬だなぁ』と高屋君は思ったとする。そんな時、ふとお母さんに再会したら、一気にあの頃の気持ちが蘇るよね。まるで冷凍保存されていたものを出されたみたいに」

たしかに、と高屋は同意する。

母が自分の前に現れた際、そして薫子と再会した時も、一瞬、心が当時に戻った感覚になったのだ。

「高屋君の心が癒されてきているのは、お母さんと会った後、お母さんが一生懸命、自分なりに愛情を示してくれているからなんだよ。それを忘れちゃ駄目だよ」

と、柊は人差し指を立てる。

根元まで金色に染めた髪に、甘ったるい顔立ちをしている彼は一見、軽そうと言われがちだ。実際に軽い部分もある。

しかし実は誠実で、時に老練な大人のように悟っていた。

高屋はおにぎりを口に運びながら、そうだな、とうなずく。

柊が言うように、母に対しての気持ちが変わってきたのは、時間だけではなく、母自身の誠意が伝わっているからだ。

何より、母だけではなく、柊の存在も大きい。

ここに来て、自分は初めて、『友人』ができた。

他人の部屋で共に酒を飲んだり、漫画を読み耽《よふけ》ったり、そんな風に過ごしたのは、自分の人生で初めてだ。

あらためて振り返ると、自分は柊にしてもらってばかりで、何も返せていない。

せめて、彼の心の荷物を軽くすることができたら……。

『誰にも話せずにいるより、誰かに打ち明けるだけで気持ちが軽くなるっていうか』

そう言ったのは、桜子だった――。

高屋は意を決して、座り直した。

「柊君」

「えっ、なに、あらたまって」

柊もつられたように居住まいを正した。

「良かったら、君の気持ちを聞かせてほしい」

「俺の気持ち？」

「なんていうか、その、話すだけで、心が楽になるかもしれないから」

うん？　と柊は訊き返す。

高屋は静かに深呼吸をして、柊を見た。

「──君は、本当は桜子君に恋をしているんじゃないだろうか」

柊はぽかんと大きく口を開く。

「桜子君にとって君は兄のようなものだ。君はちゃんと心得ている。だから、シスコンの振りをしているんじゃないか？　だが、本当は……」

話しながら熱がこもってきて、高屋は前のめりになる。

すると柊は、高屋の顔の前に掌《てのひら》をかざし、

「ストップ、高屋君」

どうどう、と高屋を宥《なだ》めるように言う。

「ええとね、なんていうか、結論から言わせてもらうと、それは違うよ」

あまりにはっきりした否定に、高屋は「え」と動きを止める。

「違うんだ？」

うん、と柊は強く首を縦に振った。

「俺は、サクちんに恋してない」

「それじゃあ、純粋に妹として可愛がっているだけなんだ？」

高屋が突っ込んで確認をすると、柊は弱ったように肩をすくめた。

「うーん、純粋かと言われると、それも少し違ってる」

柊はグラスを手に取り、ハイボールを一口飲んで、ふぅ、と息をつく。

「俺、恋をするのが怖いんだ」

高屋は何も言わずに、次の言葉を待つ。

――怖い。

それは、柊も過去に恋愛の傷を負ったということなのだろうか？

高屋の考えを察したようで、柊は首を振った。

「別に手痛い失恋の記憶があるとかじゃないよ。ほら、俺はかつて、『教祖』みたいな存在だったからさ、大勢の人から、一方的に熱狂的に愛されたんだよね。俺がその人に特別なことをしたわけじゃないのに、人生を捧《ささ》げるくらいに想ってくれていた。あの頃の記憶が今も残ってて……」

柊は頰杖を突いて、苦笑する。

「心を捧げるという意味で宗教も恋愛も似てるんだよね。今、女の子と恋愛しようとなったら、当時の記憶が蘇るっていうか。誰かに真剣に好きになられると、どうしても引いちゃうんだ。俺は誰かにガチ恋してほしくなくて」

今のところだけどね、と柊ははにかむ。

「では、桜子君は？」

それがね、と柊は表情を柔らかくした。

「恋愛から離れているぶん、『誰かをうんと愛して可愛がりたい』っていう気持ち……この場合の『愛』は恋愛じゃなくて、『父性愛』みたいなものなんだけど、そんな想いだけは溢《あふ》れているんだ。でも、もし俺が近くにいる女の子をうんと愛して可愛がったら、その子はもしかしたら俺を好きになっちゃうかもしれない。ううん、絶対に好きになると思うんだ」

そう言って、柊は自分の胸に手を当てる。

あまりの揺るぎない自信を前に、高屋はくらりと眩暈《めまい》を感じた。

「絶対にって……」

思わず反論したくなったが、柊が近くの女の子を猫可愛《ねこかわい》がりしたならば、その子は柊を好きになってしまう可能性は大いにある。

高屋は何も言えないまま、次の言葉を待った。

「その点サクちんは、俺がどんなに愛して可愛がっても、俺を異性として好きになることはない。だから俺は安心して、サクちんを溺愛できるってわけ」

たしかに桜子ならば、柊がどんなに甘やかしても、恋に発展することはないだろう。

いつも『お兄!』と一蹴し、鬱陶しそうにしているのだ。

「それなら、どうして桜子君の恋愛を嫌がるんだろう?」

「それは前にも話した通りなんだけど、理屈じゃないっていうか。今やすっかり俺は本当の兄気取りでさ。サクちんが誰かと恋愛をしたり、色んなことを知ったりして、大人になっていくのが、どうしようもなく寂しいし、嫌なんだよねぇ」

納得できたような、できないような複雑な気持ちで高屋は、はあ、と間抜けな声を出す。

「高屋君だってさ、気持ち分かるんじゃない?」

「えっ?」

「高屋君にとってサクちんって、どういう存在? こうしてサクちんの近くにいて、今や高屋君も妹のように思ってるんじゃない?」

「…………」

少し前の自分ならば、うなずいていたかもしれない。

しかし先日、『もし何かあったら、僕を兄だと思ってもらっていい』と言ってしまい、『気持ち悪いんだけど』と一蹴されたばかりだ。

高屋は手で顔を覆いたい気持ちを押し隠して、どうだろう? と答える。

「想像してみてよ。もしサクちんに彼氏ができて、その彼氏に振り回されたり、傷付けられたり、泣いて帰ってきたりしたら、どうしようって思ったりしない？」

そう言いながら、柊の目がどんどん潤んでくる。

高屋は慌てて近くにあった箱ティッシュを柊に渡す。

ありがと、と柊はティッシュで、目と鼻を拭った。

「……妄想が過ぎるのでは？」

桜子は振り回されるようなタマではないだろう、と心の中で付け加える。

「俺はほら、かつてカリスマ占星術師だったから、嫌ってほど人の相談に乗ってきたんだよね。恋愛の相談も山ほど受けてきたわけで、いざ、サクちんが恋をするかもってなった時、嫌な症例ばかり思い出すんだよね」

柊は色々な話が蘇ったようで、自分の体を抱き締めながら言う。

「もしかして、桜子君の出生図を観たうえで、君は心配しているということだろうか？」

高屋が真剣に訊ねると、柊はぴたりと動きを止め、その後に頭を掻いた。

「ううん、全然」

「えっ、全然？」

「うん。ほら、サクちんの5ハウスって天秤座だったでしょう？　天秤座って平等の象徴だから、相手に溺れたりしないだろうし、冷静に判断できるんだよね」

「……それならば、そんなに心配しなくても良いのでは？」

「分かってるんだけど、ついつい心配をしちゃうんだよ。お兄ちゃんだからさ」

と、柊は少し嬉しそうに言う。

彼の笑顔を見て、なぜか高屋の中で腑に落ちるのを感じた。

一度家族を失った柊にとって、今この場所はかけがえのないものなのだろう。

だが、そんな疑似家族も、桜子の成長と共に終わりを告げるのかもしれないのだ。

タイムリミットを知っているからこそ、柊は過剰に愛情を注いでいるのだろう。


食事を終えて、柊と高屋は食べ終えた食器をシンクへと運んだ。

そのまま、二人で並んで汚れた食器を洗う。

柊が洗剤を含んだスポンジを使って食器の汚れを落とし、高屋がお湯ですすいでいく。

「それにしても、さっきの話、柊君らしいよ。君は少し珍しい人だな」

高屋はすすぎ終えた食器を、水切りラックに立てかけながらぽつりと洩らす。

「どこが？」

「僕もそうだが、君は両親からの愛情不足だ。そういう生い立ちだったなら、愛情を与えるよりも欲する方に尽力しそうなものだろう。それはやはり、多くの人に愛されすぎたことが、トラウマになってしまっているからなんだろうな……」

高屋が独り言のように洩らすと、柊は手を止めた。

「トラウマにには、なってないよ」

「えっ、そうなのか？」

「むしろ逆。愛情を与えられすぎて、お腹いっぱいな状態なんだよね。今、俺が誰かを愛して可愛がりたいのも、たくさんの人に愛してもらったからだと思う。だから俺、常に自分に自信があるし、もし、自分が誰かに愛されたいと求めたら、すぐ得られると信じてるしね」

言われてみれば、柊は驚くほどに自己肯定感が高い。それは彼が言う通り、多くの人からの愛情を受けてきたからなのかもしれない。

「いや、しかし、恋するのが怖いと言っていただろう？」

「それは、想われるのが怖いんじゃなくて、俺のせいで相手の人生が狂ってしまうのが怖いんだ。これ以上、他人様の人生を狂わせたくないんだよね」

なるほど、と高屋は首を縦に振る。

そういう意味でも、桜子ならば安心なのだろう。

「ちなみに高屋君は、愛情を過剰に欲していたりしないの？　自分で言ってたけど、両親からの愛情不足だったんだよね？」

「僕の場合は、祖父母がいてくれたから……」

両親は側にいなかったが、祖父母が良くしてくれていた。愛情を常に感じていたのだ。

「未《いま》だに僕を子ども扱いしていて、今日も祖母から蜂蜜が届いたよ」

「蜂蜜？」

「小さい頃は気管支が弱くてね。蜂蜜が良いと、よく与えられていたんだ」

へぇ、と柊は愉しげに相槌をうつ。

「たしかに蜂蜜って喉にいいよね。でも男の一人暮らしで蜂蜜って、結構、持て余さない？」

「そうなんだよ。だから、砂糖の代わりにしてるよ」

「ああ、それは体にもいいね」

食器を洗い終え、高屋は帰り支度を始めた。

「今日はありがとう、美味しかった」

「どういたしまして。俺の方こそ、色々話を聞いてもらって、スッキリしたよ。そうそう、『ルナノート』もありがとう」

と、柊は、『ルナノート』を手に取って、八重歯を見せる。

こちらこそ、と高屋は玄関に向かって歩いていたが、ふと足を止めた。

来た時は柊の陰になっていて気付かなかったのだが、玄関の棚の上にバスケットがあった。その中に色鮮やかなレモンが積まれている。

ふと、桜子の言葉を思い出す。

こうして見れば、レモンは彼女が言った通り、不思議な存在感を持つ。

「さっきの……僕にとって桜子君は、どういう存在かという質問だが……」

高屋がそう洩らすと、柊は黙って視線を合わせる。

「彼女は、初めてできた僕の『読み友』なんだ」

「『読み友』って？」

「正式な言葉ではないんだけど、読んだ本について語り合える友達のことかな」

これまで、友達も満足にいなかった自分だ。

読んだ本について、語り合う存在など、いるはずがなかった。

ネットの世界に飛び込めば、そういう友達もできたのだろうが、ネットに浸る時間があるなら、自分は本を読んでいたかった。

耕書出版に入社し、大平《おおひら》という上司と本について話せたのが、嬉しくてたまらなかった。あんなふうに思いきり語り合えたのは、初めてだった。

だが、上司を『読み友』というのは、いささか気が引ける。

その後、ここに来て、桜子に出会った。

桜子も本を読むのが好きで、いつも楽しそうに本の話をする。

彼女の言葉に、遠慮や虚勢はまるでない。

カッコつけることも、飾ることもなく、素直な感想を口にした。

先日の『檸檬』もそうだが、彼女と本の話をするのが、本当に楽しい。

「今まで気付いていなかったんだが、どうやら僕はずっと、『読み友』がほしいと思っていたようだ」

大学で文学部を専攻したのも、出版社に就職したのも、もしかしたら、根っこの部分では、『読み友』を求めていただけだったような気がしてくる。

人の動機は、突き詰めると、こんなにも単純なものなのかもしれない。

「えー、サクちんが『読み友』なら、俺は？」

と、柊は自分を指差して訊ねる。

「柊君は、その……友達だと、勝手ながら思ってる」

目をそらしてぎこちなく言うと、柊は露骨に顔を明るくさせた。

「良かった。俺もそう思ってるよ、高屋君。これからもよろしくね」

と、柊は、高屋の背中を軽く叩《たた》く。

こちらこそ、と言いたかったが、気恥ずかしくて口にはできない。

どこを見ていいのか分からず、バスケットの中のレモンばかり見ていた。

「あっ、そうだ。高屋君、レモン少しいる？」

高屋がレモンを凝視していたので、物欲しげに見えたのだろう。

「いや……」

断る間もなく、柊はやや強引にレモンを二つ持たせた。

「このレモン、無農薬だから皮ごと使えるし、輪切りにして、蜂蜜に漬けておくといいと思うよ」

手の中のレモンに目を落とし、高屋は小さく笑った。

「ありがとう」

祖母からもらった蜂蜜に、このレモンを輪切りにして漬けておこう。
高屋は少しわくわくした心持ちで、自分の部屋へと向かった。

5ハウスに入っている惑星で観るそれぞれの自己表現のタイプ

太陽	注目されることで思い切り自己表現できる、 生まれついてのエンターテイナータイプ。
月	自分の内側から湧き出てくるものを創造し、 表現することに喜びを感じるでしょう。 創作活動に熱中すると心が落ち着く傾向に。
水星	知識を必要とする場面や、会話や文章を 使う場面で自己表現力を発揮します。 会話や文章を使って表現することに喜びが。
金星	感性が常に若々しく、優れた美的センスの持ち主。 美容やアート、美しいものを創り出す才能を 発揮できます。
火星	趣味でも恋愛でも、新しいことへの挑戦が 自分を表現する場となります。 無理だと言われることほど燃えるタイプ。
木星	多趣味で多才。自分の創造力を思い切り 発揮できるでしょう。明るく前向き。 好きなことを純粋に楽しみます。
土星	じっくり慎重に自己表現をしていきます。 1つの趣味に集中力を注ぎ、技術を磨いて 完成度を高めていくタイプ。
天王星	個性豊かな創造力と独特なひらめきの持ち主です。 常識にとらわれず自由な表現を求めるタイプです。
海王星	独特なセンスの持ち主。夢や幻想を好み、 豊かなイマジネーションで小説や演劇、音楽、 芸術などの世界で創造力を発揮。
冥王星	趣味や恋愛、創作活動で、人生が大きく変わる 経験をする可能性があります。 中途半端を嫌い、極端な方向に走りやすいです。

※5ハウスに星が入っていない人は、5ハウスの星座の支配星で見ます。

エピローグ

船岡山珈琲店は、気まぐれな店だ。

特に定休日を決めているわけではなく、一日中開いている日もあれば、昼で終わったり、はたまた夜だけ開店している時もある。

しかし、そんな『船岡山珈琲店』にも決まっていることがあった。

月曜日には、必ずモーニングを出すというもの。

営業している日ならば、という注釈がつくが週に一回のモーニングを楽しみに常連たちは訪れる。

高屋もその一人だ。

モーニングの場合、仕組みがいつもと違っていてお会計が先だった。出勤する際、レジでもたつき、遅れることがないようにというマスターの計らいだ。

月曜の朝は、先に会計をしてから、カウンター席に座って、マスターや柊、桜子とお喋りを楽しんでから、出社する。

それが高屋の週始めの楽しみだった。

しかし、今日ばかりは高屋の表情は暗い。

ホットサンドセットを食べながら、ため息ばかりついていた。

「おやおや、高屋君。どうされましたか？」

「うん、暗い顔してどうしたの？」

マスターと柊が、心配そうに訊ねる。

すると横に座っている桜子が呆れたように言った。

「高屋は、宿題ができていないんだって」

「宿題？」

息を吐き出すように言った桜子を前に、マスターと柊はぽかんとした様子だ。

「社会人になっても、宿題があるんだ？」

ああ、と高屋はうなずき、二人にも耕書出版の取り組みを話して聞かせた。

――皆さん、子どもたちにどうしたら『読書が趣味って素敵』――マル長的に言うと、『趣味が読書ってカッコイイ』と思ってもらえるか、はたまた『どうしたら、本を手に取ってもらえるようになるか』各々案を提出してください。締め切りは、二週間後です。

真矢の言葉を思い返して、高屋はうな垂れる。

今日がその二週間後。締め切り日だ。

なるほど、とマスターは腕を組む。

「どうしたら子どもたちに本を手に取ってもらえるようになるか、ですか……」

「私も考えたんだけど、難しくて。やっぱり、普段本を読まない子に、本を手に取ってもらうキッカケって、ノベライズとかだと思うんだよね」

桜子が頬杖を突いて、ふぅ、と息をついた。

ノベライズって？　と柊が訊ねる。

「マンガやアニメを小説化したもの」

「もちろん、桜子君の意見は伝えるが、自分の中で『これだ』という案が出ていないんだ」

と、高屋が洩らすと、柊は呆れたように肩をすくめた。

「高屋君もばっかだなー」

えっ、と高屋は驚いて、柊を見る。

「馬鹿？」

「そう、おバカさんだよ。本好きの人間にそんなことを考えさせても無理だよ。そもそも、本を手に取らない人の気持ちが分からないんだから」

「まぁ、たしかにそうだよね」

桜子は納得している。

高屋はごくりと喉を鳴らして、柊を見た。

「では、君なら、どうしたら本を手に取ってくれるだろう」

「うーん、そうだね。俺が子どもの頃ならこう思うかな。『読書ってカッコイイ』っていうんなら、実際に超絶カッコイイ本を作ってほしいな。ハリポタに出てきそうな、持っているだけで見せびらかしたくなるようなやつ」

えっ、と高屋は目を瞬かせた。

そして、と柊は愉しげに話を続ける。

「自分の読んだ本の感想を動画にするコンテストがあったらいいな。あとは昔、WEBのサイトで、自分の名前を入力すると主人公が自分の名前になるやつがあったんだけど、あんな感じで、紙の本でも主人公を自分の名前にしてもらえたら、嬉しくて読み進められそう」

「すごいな、僕ではまったく思いつかないことだ」

高屋はすぐに手帳を出して、メモを取る。

「ちなみに高屋君は、どんなことを考えていたの？」

「『好きな本を語り合う会』といった読書イベントを開催するのを考えていたんだが、桜子君に言わせるとそういうところに行く子はそもそも本が好きではないかと」

そりゃそうだね、と柊は笑う。

それまで黙って話を聞いていたマスターが、そもそも、と人差し指を立てた。

「高屋君と桜子が読書が好きなのは、育った環境にあると思うんです。桜子の祖母、京子さんは書店の店長ですし、桜子の両親も本が好きです。高屋君も同じように本に囲まれた環境でしたよね？」

はい、と高屋はうなずいた。

高屋の祖父も神田《かんだ》で書店を営んでいる。

「なので、子どもたちをそういった本に恵まれた環境に身を置かせることが大切ではないかと。どの学校にも図書室はありますから、生徒たちに一時間でも図書室等で過ごす時間を与える。お喋りは禁止にして、だけど、なんでも好きな本を読んでいいという状況を作ったり」

なるほど、と高屋は、すぐにメモを書き込んだ。

「わたしは、高屋君の案も良いと思います」

えっ、と高屋は訊き返す。

「『語り合う会』のことです。子どもたちにはもちろん、これから、親になっていくだろう、若い大人たちに本を好きになってもらうのも良いと思うんです」

ふむ、と高屋は相槌をうつ。

「ですが、高屋君が思う以上に、多くの人はいざ読書をしようという気持ちになっても何を読んでいいのか分からないんですよ。選んだ本がハズレだったり、ダサいものだったら嫌だな、と思うわけです。そういうのもあって有名な賞を獲《と》った作品やベストセラー本を手にする。これなら間違いないだろう、と思うわけです」

「ほんとそれなんだよねぇ」

と桜子は息をついた。

「また、読書慣れしてない人にとって人前で感想を言うのは、勇気がいるものです。自分の解釈がおかしいのかもしれないとか、馬鹿にされるかもしれないと思ってしまう。そうしたら、なかなか口を開けるものではありません」

マスターと柊の言葉を聞き、かつて、『檸檬』の感想を求められた時の薫子の困ったような表情が脳裏を過る。

あれは、自分の答えを採点されるような気持ちになったのかもしれない。

「……そういうものなんでしょうか？」

「俺はよく分からないけどね。遠慮なく言えるから」

と、柊がなぜか力強く言う。

その横でマスターは優しく微笑んだ。

「たとえば、既にいらっしゃると思うのですが、『本のソムリエ』のような方が、自分が求めてる本を薦めてくれたとします。それは、『自分のために選んでくれた一冊』という特別感があります。読了後に、同じ本を読んだ人たちで、感想を伝え合う会に参加する。その場で少しずつでも自分の感想を伝えられるようになっていったら、『読書って楽しい』という気持ちに変わってくると思います。人は皆、面白かった気持ちを人に語りたくなるものですし」

うんうん、と柊が同意した。

「そうだよね。映画なんかでも観たあとは語りたくなるし」

「本好きになるというのは、本当に些細なキッカケだったりするんですよね。一度、小説を読む楽しさを覚えたら、他には代えられない快感がありますので、まずは好きになってもらいたいものです」

高屋は強く同感したが、柊はよく分からない様子でマスターを見た。

「他には代えられない快感って？」

「脳内で世界を構築する快感です」

と、マスターは自分のこめかみに指先を当てる。

「小説は文だけの世界ですから、たとえば、『美しい洋館』という一文があったとしましょう。その一文で、十人いれば、十人ともそれぞれ違う建物を思い浮かべているはずなんです。どれも間違いではなく、むしろすべてが正解。小説は、著者が書いた物語を読み手が頭の中で再生して、はじめて完成するものだと思っています。頭の中で自分の想像した世界が動き出す。その楽しさに慣れると、それは他では得難い快感なんですよ」

高屋はごくりと息を吞んだ。

まさにその通りだ。これまで、自分が思っていたけれど、言語化できなかった感覚をマスターに言ってもらえて、目の前が開けたような感覚がした。

「何より出版社をはじめ、本に関わる者たちが絶えず、諦めず、そうした取り組みを続けることこそが、大切なのではないかとわたしは思います。高屋君は、今の高屋君ができるやり方で、読書家の種を育ててくださいね」

マスターは、高屋の顔を覗くように見て、にこりと微笑んだ。

「はい、がんばります」

高屋が強い口調で答えるも、へえええ、と柊は興味深そうな様子だ。

「マスターの話を聞いていたら、俺も小説読みたくなってきたなぁ」

「ぜひ、読んでください。その場合は背伸びしなくていいんです。自分が読みやすい、そして読みたいものから手に取ることをお勧めします。占星術的に小説を楽しむのも、『5ハウス』です。人と比べずに、それぞれの楽しみ方を大切にしてください」

小説を楽しむのも『5ハウス』――。

あっ、と高屋の口から声が洩れた。

「僕は、ずっと『5ハウス』を読書に使ってきました」

そうだねぇ、と桜子がすかさず言う。

「しかも、『5ハウス・牡牛座』だもんね」

牡牛座とは、富や豊かさも暗示している。自分の場合は、本が豊富にあった。読む本に困らなかったのだ。

「そっかぁ、高屋君はこれまで自分の寮に閉じこもって、本を読み耽っていたわけだ」

と、柊も納得した様子だ。

そうですね、とマスターが愉しげにうなずく。

「読書の楽しみ方は、『選ぶ』『読む』『伝える』と三段階あると思っています。これまでの高屋君は、『選ぶ』と『読む』を繰り返してきました。これからは人と関わり、読書の楽しみ方を『伝える』ことを意識するといいでしょう」

「高屋君の『5ハウス』をさらに充実させることで、人生がさらに輝くってことだ」

と、柊が引き継いだ。

高屋の胸に熱いものが込み上げる。

「はい、ありがとうございます」

カップの中に残っていたコーヒーを一気に飲み干して、高屋は顔を上げた。

高屋は椅子から下りて、笑みを見せる。

「では、行ってきます」

「あっ、私も行かなきゃ」

桜子も慌てて、食べかけのパンを口の中に詰め込んだ。

「いってらっしゃい、二人とも」

マスターと柊は、笑顔で手を振った。

店の扉を開けると、眩しい太陽の光が容赦なく照り付けた。

すっかり、夏の空だ。

「高屋、いい意見聞けて良かったね」

と、桜子は外に出るなり言う。

「ああ、ありがたい。そして、今の僕ができるかたちでがんばるよ」

今の自分は、『ルナノート』の編集者だ。5ハウスの星座別に『あなたにおすすめの小説ジャンル』という特集を組むのもひとつかもしれない。

星占いと読書を結び付けられる日が来るなんて――。

少しわくわくしている自分に、高屋は思わず頬を緩ませる。

配属されたばかりの頃は、嫌で嫌でたまらなかったというのに……。

「あっ、本当に遅刻しそう。行ってきます！」

と、桜子は勢いよく駆け出していく。

「ああ、そんなに急いで転ばないように」

「転ばないよ！」

と、振り返る桜子に、高屋は前を向くようにと手でジェスチャーをする。

桜子は、ふんっ、と踵を返した瞬間、転びそうになり、慌てて体勢を整え、恥ずかしそうに駆けていった。

高屋は、ぷっ、と笑って、ふと店の壁に目を向ける。

『檸檬メニューはじめました』というビラが貼ってあった。

マスターが描いたのか、レモンのイラストがまるで本物のようにリアルである。

以前はレモンを見ると、少し憂鬱な気持ちになっていたというのに、今はこんなにも晴れ晴れとした気持ちだ。

梅雨の鬱陶しい空がいつの間にか晴れ渡っているように、自分の心はすっかり変わったのだろう。

自分の『５ハウス』を意識し、充実させることで、人生が輝き出す——。

「よし、がんばろう」

楽しみながら、と小声で付け加える。

「ああ、今日こそ三波さんの段ボール箱を片付けてもらおう」

高屋は顔を綻ばせ、軽い足取りで駅へと向かった。

5ハウスのサイン（星座）で観るあなたに提案したい小説ジャンル

牡羊座	スパイやアクション、警察小説、冒険活劇。
牡牛座	レストランやホテルが舞台の作品、 宝石や美術品が出てくる小説。
双子座	学校が舞台の作品。 また、今話題のベストセラー本も要チェック。
蟹　座	アットホームな物語、人情、動物ものなど。
獅子座	芸能界や英雄もの、 華やかな世界が舞台の作品。
乙女座	研究所、病院などを舞台にした作品。 お仕事小説も。
天秤座	コスメを用いた物語、また婚活のお話、 弁護士ものなど。
蠍　座	探偵や占い師が出てくるお話、ホラーなど。
射手座	旅の物語や、海外を舞台にしたお話。
山羊座	大企業や政治、ノンフィクション、 歴史・時代小説など。
水瓶座	特殊設定ミステリー、SFや宇宙のお話など。
魚　座	ファンタジー、恋愛、ほっこりするお話、 ハッピーエンドもの。

参考文献など

ルネ・ヴァン・ダール研究所『いちばんやさしい西洋占星術入門』（ナツメ社）
ケヴィン・バーク　伊泉龍一／訳『占星術完全ガイド　――古典的技法から現代的解釈まで』（株式会社フォーテュナ）
ルル・ラブア『占星学　新装版』（実業之日本社）
鏡リュウジ『鏡リュウジの占星術の教科書I　自分を知る編』（原書房）
鏡リュウジ『占いはなぜ当たるのですか』（説話社）
キャロル・テイラー（著）鏡リュウジ（監修）榎木鳰（翻訳）『星の叡智と暮らす西洋占星術　完全バイブル』（グラフィック社）
松村潔『最新占星術入門（エルブックスシリーズ）』（学研プラス）
松村潔『完全マスター　西洋占星術』（説話社）
松村潔『月星座占星術講座　―月で知るあなたの心と体の未来と夢の成就法―』（技術評論社）
石井ゆかり『月で読む　あしたの星占い』（すみれ書房）
石井ゆかり『12星座』（WAVE出版）

Ｋｅｉｋｏ『Ｋｅｉｋｏ的Ｌｕｎａｌｏｇｙ《ルナロジー》　自分の「引き寄せ力」を知りたいあなたへ』（マガジンハウス）

Ｋｅｉｋｏ『願う前に、願いがかなう本』（大和出版）

星読みテラス　好きを仕事に！　今日から始める西洋占星術（https://sup.andyou.jp/hoshi/）

あとがき

いつもありがとうございます、望月麻衣です。

「京都船岡山アストロロジー」シリーズもおかげさまで、三冊目です。

この作品も漫画家であり占星術師の湊《みなと》きよひろ先生と、私の西洋占星術の先生・宮《みや》崎《ざき》えり子さんが監修をしてくださいました。

湊先生、宮崎先生、ありがとうございました。

今回は『恋と占星術』をテーマに書こうと思ったところからのスタートでした。

ホロスコープ上で、『恋』の管轄は『５ハウス』。ですが、５ハウスは恋愛だけではなく、趣味、娯楽、創作、出産、育児、自己表現など個人の楽しみや喜びを表現することがテーマのハウス。

つまり「恋愛運を占います！」というハウスではない。どうしたものか、と頭を悩ませた私は、監修の先生方に相談をし、５ハウスで恋愛を見る場合、『恋愛運』ではなくて、『恋愛の傾向』ならば問題ないという結論に至りました。

作中で高屋が、柊と桜子に相談していた流れのやりとりは、ほとんどノンフィクシヨンだったのです。

そんなわけで今回はまるまる5ハウスを取り上げました。

5ハウスは『娯楽』の部屋ということで、もしかしたらさほど重要視していない方もいらっしゃるかもしれません。が、実は、5ハウスには自分の人生を輝かせ、楽しく生きるヒントがあります。

一人でも多くの方に、自分の5ハウス――楽しみに向き合っていただけたら幸いに存じます。


これまでの作品にも同じことを書かせていただきましたが、占星術の世界は対峙する人の数だけ解釈があります。本作品においては先生方に監修していただいていますが、私の解釈で書かせていただいております。

もしかしたら、『私が知っている捉え方とは違う』と思われることもあるかもしれません。その時は正解・不正解という話ではなく、『この物語ではこういう解釈をしているのだろう』と受け流していただけたらと思います。

最後にあらためて、湊先生、宮崎先生、舞台である京都市北区様、建物のモデルである『さらさ西陣』様、そしてこの本をお手に取ってくださったあなた様。
本作品に関わるすべての方とのご縁に心より感謝申し上げます。
本当にありがとうございました。

望月麻衣

本書は書下ろしです。

|著者|望月麻衣　北海道生まれ。2013年エブリスタ主催第2回電子書籍大賞を受賞し、デビュー。2016年「京都寺町三条のホームズ」シリーズが京都本大賞を受賞。他の著作に「わが家は祇園の拝み屋さん」シリーズ、「満月珈琲店の星詠み」シリーズなど。現在は京都府在住。

京都《きょうと》船岡山《ふなおかやま》アストロロジー3　恋《こい》のハウスと檸檬色《れもんいろ》の憂鬱《ゆううつ》

望月《もちづき》麻衣《まい》

講談社文庫

定価はカバーに
表示してあります

2023年8月10日第1刷発行

KODANSHA

発行者――髙橋明男
発行所――株式会社　講談社
東京都文京区音羽2-12-21　〒112-8001
電話　出版（03）5395-3510
　　　販売（03）5395-5817
　　　業務（03）5395-3615

Printed in Japan

デザイン―菊地信義
本文データ制作―講談社デジタル製作
印刷――大日本印刷株式会社
製本――大日本印刷株式会社

ISBN978-4-06-532078-5

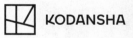

講談社文庫刊行の辞

二十一世紀の到来を目睫に望みながら、われわれはいま、人類史上かつて例を見ない巨大な転換期をむかえようとしている。

世界も、日本も、激動の予兆に対する期待とおののきを内に蔵して、未知の時代に歩み入ろうとしている。このときにあたり、創業の人野間清治の「ナショナル・エデュケイター」への志を現代に甦らせようと意図して、われわれはここに古今の文芸作品はいうまでもなく、ひろく人文・社会・自然の諸科学から東西の名著を網羅する、新しい綜合文庫の発刊を決意した。

激動の転換期はまた断絶の時代である。われわれは戦後二十五年間の出版文化のありかたへの深い反省をこめて、この断絶の時代にあえて人間的な持続を求めようとする。いたずらに浮薄な商業主義のあだ花を追い求めることなく、長期にわたって良書に生命をあたえようとつとめるところにしか、今後の出版文化の真の繁栄はあり得ないと信じるからである。

同時にわれわれはこの綜合文庫の刊行を通じて、人文・社会・自然の諸科学が、結局人間の学にほかならないことを立証しようと願っている。かつて知識とは、「汝自身を知る」ことにつきていた。現代社会の瑣末な情報の氾濫のなかから、力強い知識の源泉を掘り起し、技術文明のただなかに、生きた人間の姿を復活させること。それこそわれわれの切なる希求である。

われわれは権威に盲従せず、俗流に媚びることなく、渾然一体となって日本の「草の根」をかたちづくる若く新しい世代の人々に、心をこめてこの新しい綜合文庫をおくり届けたい。それは知識の泉であるとともに感受性のふるさとであり、もっとも有機的に組織され、社会に開かれた万人のための大学をめざしている。大方の支援と協力を衷心より切望してやまない。

一九七一年七月

野間省一

講談社文庫 最新刊

堂場瞬一
最後の光
〈警視庁総合支援課2〉
家庭内で幼い命が犠牲に。柿谷晶《かきやあきら》は、母親を支援しようとするが……。〈文庫書下ろし〉

佐藤多佳子
いつの空にも星が出ていた
時を超えて繋《つな》がるベイスターズファンたちの熱い人生の物語！　本屋大賞作家が描く感動作！

望月麻衣
京都船岡山アストロロジー3
〈恋のハウスと檸檬色の憂鬱〉
この恋は、本物ですか？　星読みがあなたの恋愛傾向から恋のサクセスポイントを伝授！

真保裕一
ダーク・ブルー
仲間の命を救うために女性潜航士が海底へ。決死のダイブに挑む深海エンタメ超大作！

西尾維新
悲業伝
絶対平和リーグが獲得を切望する『究極魔法』の正体とは!?　〈伝説シリーズ〉第五巻。

首藤《しゅどう》瓜於《うりお》
ブックキーパー 脳男(上)(下)
乱歩賞史上最強のダークヒーローが帰ってきた。警察庁の女性エリート警視と頭脳対決！

藤井邦夫
仇《あだ》討《う》ち異聞
〈大江戸閻魔帳(八)〉
行き倒れの初老の信濃《しなの》浪人は、父の敵《かたき》を狙い続ける若者を捜していたが。〈文庫書下ろし〉